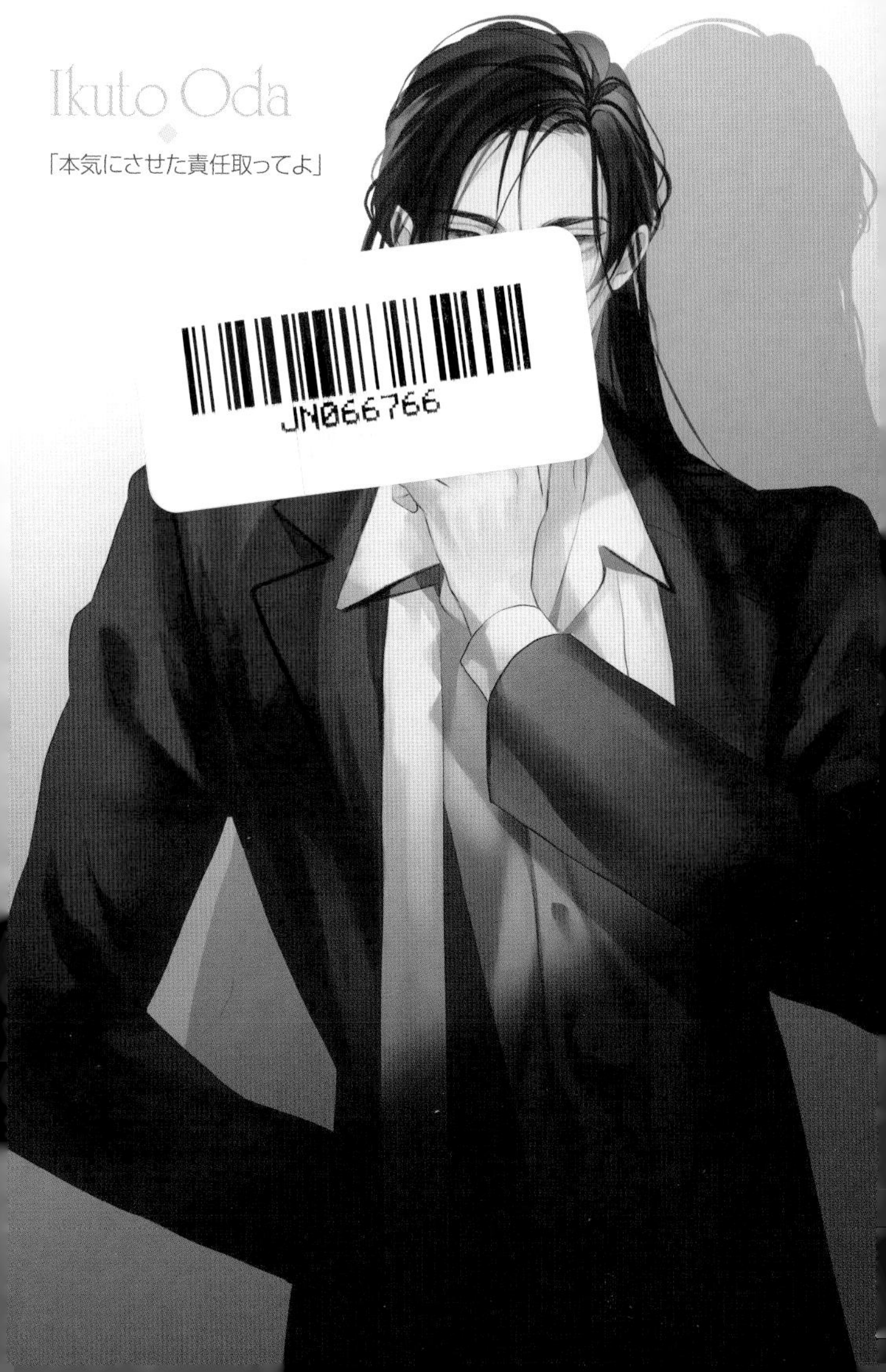
Ikuto Oda
「本気にさせた責任取ってよ」

# 本気にさせた責任取ってよ

すとう茉莉沙

キャラ文庫

この作品はフィクションです。
実在の人物・団体・事件などにはいっさい関係ありません。

目次

口絵・本文イラスト／サマミヤアカザ

# 1

「本日も、ありがとうございました」

汐瀬俊《しおせしゅん》は、にっこり微笑《ほほえ》んで買い物に満足しきった顧客にショッパーを手渡し、さらに言葉を続けた。

「また新作が入荷したらご連絡いたします、ご来店お待ちしております」

好きなブランドの服をお客様にも気に入ってもらえる——この喜びは、入社して六年目になっても変わらない。

まだ二月で外は冷え冷えとしているが、俊と他の販売スタッフはカラフルな薄手のカットソーに身を包んでいる。平日の昼間なので店内は混雑しておらず、春めいた穏やかな時間が流れていた。

メンズアパレルブランド『コスモクローゼット』の特徴は、カジュアル、カラフル。そして少し可愛《かわい》らしさもある。

俊は、一生懸命に春物コートの説明をしていた副店長にアイコンタクトで了解を得て、彼が接客中の男性に声をかけた。随分長く話をしているので、気になっていたのだ。

「そちらの三着でお悩みですか？」

「は、はいっ。そうなんです」

男性客は目を見開き、俊の顔をまじまじと見てくる。

「コートは何着も買えませんし、迷いますよね」

副店長はよかれと思ってそう言ったのだろうが、これはよくない。

コスモクローゼットのコートは、平均で八万円程度。メインターゲットは二十代で、目の前のお客様は二十代半ばといったところだ。

この年代で金額を気にせず、ポンポン服を買っていく人は確かに少数派だ。とはいえ、勝手にお客様の懐事情を決めるような発言はいけない。

「どれもお似合いですよ。うちの服はカラフルなので、コートは無地を選ばれるお客様も多いんですが、チェック柄は意外と合わせやすくておすすめです」

副店長が畳みかける。チェック柄は、コスモクローゼット今季一押しの商品で、上からも積極的に売るように言われているのだが――。

「はぁ、そうなんですね」

案の定、お客様の反応はいまいちだ。

彼が着ているネイビーに赤いラインが入ったセーターは、コスモクローゼットの商品ではないが、毛糸の感じ、色味、シルエットから三万円は下らない商品だと分かる。なかなかのセンスだ。コンサバ系で年齢の割には落ち着いているが、彼の雰囲気には合っている。

「オフ用でお探しですか？」

俊は微笑んで、さりげなく会話の方向を変えた。

カーキやチェックが選択肢に入っているので、俊の読みは間違いないだろう。

「はい。通勤時と同じ物を着てるので、リフレッシュしたくて」

「分かります。服を変えると、気分も変わりますよね」

店頭ではコスモクローゼットのそのシーズンの物を着用する決まりなので、俊もオフは過去のラインナップや違うブランドの服とのコーディネートを楽しんでいる。

「お手持ちのコートは、どんなお色味や形かお聞きしてもいいですか？」

オシャレなセーターを着ている客に、俊は俄然《がぜん》、興味が湧《わ》いてきた。

「黒のジャケット、ベージュのCPOジャケット、仕事用にはベージュのトレンチです。つい使いやすさ重視で……冒険してみたいんですけど、無難な方に走っちゃうんですよね」

彼は試着室に掛けている二着を一瞥《いちべつ》し、手にしていたカーキ色のコートを自分の体に当てた。

なるほど、お客様の希望が分かってきた。

「もう一度、こちらご試着なさいますか？」

俊は執事のように恭《うやうや》しく、お客様がカーキのコートに袖を通すのを手伝った。

そして、コートを着たお客様と一緒に鏡に向かう。

「今着ていらっしゃるセーター、センスいいですね」

「え、いやぁ、ありがとうございます」

困ったようにはにかんで顔を赤らめる相手に、俊はさらに笑みを深めた。

「お手持ちの服はこういったテイストが多いんですか？」

「そうですね」

「カーキはカジュアルなお色ですが、少しきれいめの服装に合わせていただくことで、カジュアル過ぎることなく着ていただけます。セーターに入っている赤がさし色として効いてオシャレですね」

「この組み合わせ、ありですか？」

「はい、それにこのコートは春だけじゃなく、冬でももう少し気温の高い日や秋にもお召しいただけます」

「じゃ、やっぱりカーキかな」

鏡の前で身体《からだ》の向きを変えつつ、お客様は目を輝かせて満足げな笑顔を浮かべた。

俊はこの瞬間がすごく好きだ。

相手の望みと俊がこれだと思った商品がカチッと嵌《はま》ったと感じるこの瞬間に、なんともいえない快感を覚える。

「お手持ちの服も今着ていらっしゃるテイストであれば、このコートと合わせることで、カジュアルな雰囲気が出ますし、オフにはぴったりかと」

「本当ですか、いいですね」

どんどん乗り気になってくるお客様を見て、俊も笑みを深める。

「はい、それにマイナーチェンジはあっても、このデザインは定番なので流行に関係なく、長く着ていただけます。私も数年前の物を持ってますが、傷みにくくて気に入ってます。今年もまた買ってしまいましたが」

「ああ……最近、高いブランドで買ってもすぐ傷む服多いですよね」

分かる。友達相手なら、肩でも叩《たた》いて激しく同意したい。でも、販売スタッフとしては、節度のあるフレンドリーさが大切だ。

「いい物を長く着たいですよね」

「そうなんですよ、だから買い物に慎重になってしまって……あ、あの、このコートに合うようなカットソーも見ていただけますか？」

そうして、お客様はカーキのコートと俊がコーディネートしたカットソー二着、ストールまで買ってくれた。

副店長と二人で見送りに出た時、お客様は思い切った様子で俊に向き直った。

「ＳＮＳで、このコートの色違いを着ていらっしゃった店長さんですよね？」

「そうです、見てくださっていたんですか」

彼の言う通り、俊はここコスモクローゼット新宿《しんじゅく》店、フラッグシップ店の店長だ。デパートの中にある店舗の方が有利だと言われている中、路面店でありながら、俊はここ数年、全国売上トップを誇っている。

実は最初に話しかけた時の態度を見て、なんとなくSNSからのお客様かもしれないと思っていた。

「SNSで店長さんの写真が流れてきて、芸能人かと思ったら店の人でびっくりしたんですよ。このコートも、デザインも生地も長く着れる物だって投稿されてたんで……立川《たちかわ》のデパートの方が近いんですけど、新宿店のSNSだったし、店長さんに会いに行ったとか、コーディネートしてもらったって投稿してる人もいたんで来てみました」

彼の言う通り、俊は芸能人でもなんでもなく、ただの一会社員だ。有名人に会ったような反応をされることには未《いま》だに慣れない。

とはいえ、ここはニッコリ笑って相手の期待に応える場面だろう。

「ありがとうございます、恐縮です」

「俺も店長さんに会ってコーディネートしてもらったって、投稿していいですか？」

「はい、よろしければぜひお願いします」

SNSの膨大《ぼうだい》な投稿に埋もれないよう試行錯誤しているうちに、何故《なぜ》か服だけでなく、服を着ている自分への注目まで集まってしまった。

まぁ、それで調子に乗ってると言われることもあるが、おかげで服は売れているのだから言わせておけばいい。

「汐瀬さんが売ったのに、売上つけてもらっていいんですか？」

満足げなお客様を見送って店内に戻ると、副店長は両手を合わせて俊に頭を下げてきた。

俊は店内を見回し、もう一人の販売員が入り口近くのバッグを見ている女性のお客様と話が弾んでいるのを確認すると小声で返した。

「構わないよ。ずっと丁寧にお客様と話してたの見てたから」

フラッグシップ店は広いので、この距離と位置なら話していても問題ない。

自分の売上は十分確保できるからであり、別に俊がお人好《ひとよ》しだからというわけじゃない。

「でも、一番大切なことは、自分の感覚や店の都合は置いておいて、相手が何を求めているのかをちゃんと聞くことだよ。いろんな感覚の人がいるから、どんなカジュアルさを求めているか、普段どんな服を着ていらっしゃるかを聞いていくと提案も変わってきたはずだよ」

言外の希望を察して言葉にするのがスタッフの役目だ。そのためには、自分の物差しだけで物事を考えていてはいけない。

「はい……」

相手の頭が下がっていく。少しきつかっただろうか。これは接客を極めようと思ったら外せないことだが、モチベーションを下げてしまっては元も子もないので、フォローもしておく。

「君は新商品が入ると、しっかり情報を頭に入れるし勉強熱心だよね。それはすごくいいところだよ。でも、うちのブランドってデザインが結構独特だろ？　感性優位なお客様や自分のスタイルを確立されている方、それに女性のお客様もメンズの割に増えてるし」

ファストファッションがほとんどの客層を抱き込んでいる今、どんなタイプの人であっても柔軟に対応して懐に入り込んでいかないと服は売れない。

眉を顰《ひそ》め考え込んでいる後輩は、ちょっと複雑そうな顔をしていた。

「それは汐瀬さんのＳＮＳ効果じゃないですか」

「君ももっと投稿してくれていいんだよ」

会社が俊の人気に気をよくして、もっと俊の着用写真を上げるように言ってくる状態に、周りが複雑な気持ちを抱いているのは感じている。

「えええ……この間、俺が投稿した時のリアクション数見ましたよね⁉　汐瀬さん、アイドル並みの人気じゃないですか」

「注目されるかされないかって、運みたいなものだから」

洋服に限らず、今の時代、なんでも移り変わりが激しい。必ずしもいい物じゃなかったとしても、何かの弾みで拡散されると話題になるし、売れる世の中だ。

それに、俊は自分の人気なんかに興味はない。

「話が逸《そ》れちゃったけど、接客の正解——目の前にいるお客様に対しての正解は、そのお客様が決めることなんだよ。相手の望みに応えないと」

「嘘《うそ》をつくとか思ってないことを言うのはちょっと……」

なんでそんな話になるのか分からず、俊は一瞬考えた。

「もしかして、何でも相手の言う通りにイエスって言わないといけないと思ってる？」

「違うんですか？」

「そんなことはしなくていいよ。相手が求めていて、自分が本当に感じてることや思っていることだけを伝えればいいんだ」

裏を返せば、目の前のお客様に興味を持てない人が、接客を極めるのは難しいということだ。

いらっしゃいませと言って、レジを打っていれば誰でもできる仕事だと誤解している人もいるが、本当はそんな仕事じゃない。技術を身に付ければ相手に興味が持てるかといえば、そういうものでもないだろう。接客業の向き不向きは、根本的な性格が関係していると思う。

「店長昇格を目指すなら、それができるかどうかは大事なポイントになるよ」

こう言えば、きっと彼の頭の中にある昇格条件箇条書きリストに追加できるので響くだろう。

「頑張ってみますっ。実は彼女が早く結婚したいってせっついてくるんですけど、今の給料じゃ子どもも持てないですし」

「しっかり考えてるんだ、君の彼女さんは幸せだね」

同期や部下が結婚していくのは何度も見てきた。以前は純粋におめでとう、という気持ちだけだったが、最近、俊は焦燥感を覚えたり、取り残されていると感じたりするようになってしまった。

自分には変化がなくて、「今」以外に何もない。

俊は話をそこで切り上げると、レジ横のラックに掛けてあるカットソーを手に取った。

毛羽立っている。

なぜ、店頭に並べている時点で傷んでしまう素材を使うのだろう。

もちろん、全てがそうじゃない。でも、「あれ？」と思うことが年々増えてきた。

こういう素材の服は、いくらデザインがよかろうが、上からプッシュされようが、お客様には薦めないし、ＳＮＳにも載せない。

前はこんなに傷みやすい商品はなかったのにな。

俊は、高校時代からコスモクローゼットの服が好きだった。

上京してきて大学に着ていく服を背伸びして揃《そろ》えた時に買ったカットソーは、このピリングができている服と同じ素材が使われている。しかし、このカットソーはどんなに大事に着たとしても、十年もつとは思えない。

同じ素材でも、質が全然違う。

これは、俊の働くブランドだけのことじゃない。

同価格帯のデパートブランドに偵察に行っても、似たような、いや、もっと質がよくないブランドもいっぱいある。

「汐瀬さん」

バックヤードに在庫確認に行っていた副店長が、再び声をかけてきた。

「俺、服も接客も好きなんですけど、最近、あちこちでブランドが撤退したり閉店したりしてるじゃないですか。今後、上を目指すつもりではいるんですけど、そこは心配なんですよね。うちは売れてるし大丈夫ですよね？」

「うちは大丈夫だよ」

彼が心配になる気持ちも分かる。

アパレル業界は、ファストファッションとラグジュアリーブランドの二極化が進み、その中間層に位置する俊たちの働くデパートに店舗を抱えているブランド層は、長らく苦戦を強いられている。

その中で、コスモクローゼットは、奇跡的にうまくやっていると言えるだろう。

「だからって、ずっと現状維持ってわけにはいかないだろうけど」

俊は副店長だけじゃなくて、自分にもそう言い聞かせた。

幸い、今は安定している。

でも、だからこそ生地の変化に敏感になるし、当たり前のことだが、俊自身も毎年、年齢を重ねていく。

大学を出て、今の会社に入り、すんなりと憧れのブランドに配属され、フラッグシップ店の店長にまで昇り詰めた。おまけにSNSでも、チヤホヤされている。

俊の人生は外から見れば、順風満帆といえるだろう。

だが、俊はもうすぐ二十八歳――店長になってかなり経《た》つし、ずっと二十代向けのブランドで店頭に立っていられるわけじゃない。

今は楽しくても、いつまで同じ毎日を過ごすことができるのだろう。

このまま、同じ毎日を繰り返していいのだろうか。


俊は店長会議のため、朝から青山《あおやま》にある本社ビルに向かっていた。

風を除《よ》けるように、二月の気候に合ったウールコートの前をかき寄せた。黒とグレーのツートンカラーのコートは、コスモクローゼットのインポートラインなので同じブランドの服を着た店長たちが集まっても、まず被《かぶ》らない。

「あっ、有名人の汐瀬さん、おはよ。あー眠っ、一日拘束とか勘弁して欲しいよな。研修とかマジめんどいって上に言ってくれない？　汐瀬さんなら聞いてもらえそうじゃん」

同じ電車だったのだろう、池袋《いけぶくろ》店の店長が歩いている俊の横に並んだ。彼は今冬一押しだった黒のコートに、よそのブランドのでかでかとしたブローチを着けていた。

彼は転職組で、俊の方が年上だと知らないのか、逆だと思い込んでいるのか、いや、十中八九悪意があって、親しくもないのに馴《な》れ馴《な》れしい態度を取ってくる。

「おはようございます。会議と研修を一日でこなさないといけないですもんね」

俊は否定も肯定もせず微笑んだ。

SNSや売上で、俊は目立っている。その分、何かと反感を買ってしまうのは仕方がないが、ネチネチと馬鹿にしてくるような奴に反論して、悪口のネタを提供してやる必要はない。

「最近、俺の店舗に変な奴《やつ》が転勤してきてさぁ――」

始まった彼の愚痴《ぐち》に、俊は適当に相槌《あいづち》を打ちながら、頭では別のことを考えていた。

今日は人事から呼び出しを受けていて、研修の前に抜けることになっている。

店舗間異動の話ではなさそうだ。それならわざわざ研修の前に呼び出したりしない。

そんなこんなで落ち着かないまま参加した店長会議が終わると、人事担当者にエレベーターで十四階の会議室へと案内された。

事業部門のフロアであることは確認済みだが、それ以上のことが分からず胸のあたりがざわついた。研修を行っているフロアに会議室は大小いくつもあるので、これまで、わざわざどこかの執務エリアの会議室に呼ばれる機会はなかった。

閉まっている扉の前で立ち止まると、人事の男性がコンコンコンと小気味よくドアをノックして中に入る。

「藤間《とうま》さーん、お待ちかねの彼を連れてきましたよ」

丸い木製テーブルを囲んでいる座り心地がよさそうなラウンジチェアから立ち上がったのは、トラッドファッションに身を包んだ男性だった。

「初めまして、コスモクローゼット新宿店の汐瀬俊と申します」

「企画広報部ディレクター、藤間隆平《りゅうへい》です。広告代理店から転職してきて入社は君より後です。レディースを担当していましたが、二月にメンズに異動になったばかりです。よろしくお願いします」

「こちらこそ、よろしくお願いいたします」

俊は何をよろしくするのか分からないまま、服好きの性《さが》で藤間の服装に目を走らせる。

オックスフォードシャツとケーブルニットをネイビー系で揃えた、安定感のあるコーディネート。彼のような背の高い三十半ばの男性が着るとよさが引き立つ。高価な革靴も、当然ピカピカに磨かれていた。

彼と一緒に仕事をしたくないと感じる人はいないだろう。穏やかそうで品もよく、いかにも仕事ができそうな美形だ。

「藤間さんが、どうしても君が欲しいって譲らないもんだから大変だったよ。現場は、売上がずば抜けている君を本社に取られたくないって当然渋ったし。まぁ、その辺りも含めて藤間さんが自分で話したいだろうと思ったから、汐瀬さんに詳しいことは何も伝えてませんよ。私はこれで失礼するので、あとはよろしくお願いします」

人事の男性が部屋を出ていき、俊は藤間と二人、小さな会議室に取り残された。

「異動のお話ですか？」

人事の言い方は、そうとしか聞こえない。こんな日が来ることは分かっていたし、今日、呼ばれた時点で何かあるのだろうとは覚悟していた。しかし、本社で役に立つようなスキルに心当たりがない上、藤間とは面識がないので、どうしても欲しいと言われる所以《ゆえん》が分からない。

「急なことでびっくりされたとは思います」

「え、ええ」

俊は素直に頷《うなず》いた。

入社してからずっと、コスモクローゼットの店頭に立って来た。それが終わりになるという事実に、感情が追いつかない。高校時代から、ずっと着てきたブランドなのだ。

「大丈夫ですか？」

藤間が少し眉を顰めて、俊の顔を覗《のぞ》き込んでくる。

そうだ、これはあくまで仕事だ。

相手の、これぞ大人のいい男という落ち着いた物腰と比べて、個人的な思いで動揺している自分が少し恥ずかしくなった。

「はい。失礼しました」

一旦、俊はいつも通り自分の感情を、心の奥の奥へと無理矢理ねじ込んだ。それでもまだ藤間の視線が、真っ直《ます》ぐ自分に据《す》えられていて少々落ち着かない。

「座ってください」

言いつつ、藤間は手でラウンジチェアに座るよう促す。

「ありがとうございます」

同じく俊の向かい側に腰を下ろす藤間の足元がちらりと見え、もう少しで「おっ」と声を出してしまうところだった。

トラッドな彼のファッションで、一つだけ変わったところを見つけたのだ。

「素敵ですね、足元」

一瞬だけ見えたソックスだ。アーガイル柄のド派手な色の組み合わせ。

これを選ぶ人なら、きっとパッと見の物腰の柔らかさとは違った面も持っているに違いない。これから一緒に働く人に興味をそそられ、俊の笑みは自然と深くなる。

「遊び心ですよ」

藤間は、自分の足元にチラッと目を向けて口角を上げたが、俊に視線を戻すと急に真剣な顔つきになりテーブルに両腕を乗せると、身を乗り出してきた。

いよいよ本題だな、と俊も身構えて背筋を伸ばす。異動はもう決まったのだ、何を言われても気持ちを切り替えていこう。

「今週末には全社に周知する予定ですが、次の春夏を最後にうちのメンズの三十代向けブランドの『フロンティア』は、ライセンス契約を終了することになりました」

「そうなんですか」

俊の会社は、洋服、装飾品の製造及び、全国の百貨店、直営店でそれらの販売を行っている。平たく言うと、大手のアパレル会社だ。

メンズ、レディース、ファミリー向け、スポーツウェアなど、様々なターゲット層を持った様々なブランドを有している。

自社ブランドも増えてきたが、まだライセンスブランドを多く展開している会社でもある。ライセンスブランドとは、海外の会社が持っているブランドの使用権に金を払って、商品を展開しているブランドのことをいう。

「今度は、驚かないんですね」

フロンティアは、この会社では数少ない三十代向けメンズブランドだ。しかし、長年業績が振るわないことは周知の事実で、寧《むし》ろ、よく今までもっていたと思う。

「初耳ですが……まぁ、ええ」

藤間も理由は承知だという顔だったので、俊は正直にそう答えた。何を言われるのだろうと覚悟を決めていた分、拍子抜けしたくらいだ。

「君も、いや大半が同意見だと思いますが、あのブランドは今の三十代には年寄りっぽくて時代遅れです。なのに、ずっと組織やオフィスの改革にかまけて見過ごされていました」

物腰は柔らかいが、藤間の物言いには、しっかりとした意志を感じる。品があり整った外見も相まって、キツイと感じる人もいるかもしれない。

でも俊は、裏表のなさと公平さを感じて好感を持った。

嘘の笑顔や親しみをねっとりした糊《のり》みたいに貼り付けた嫌味より、よっぽど気分がいい。

「同感です。コスモクローゼットは二十代向けですが、店頭に立つ者として言わせていただくと、三十代のお客様も多いです。着こなせるかどうかは年齢ではなく、個人次第じゃないでしょうか。勿論《もちろん》、我々もお客様に満足していただけるコーディネートを提供しています」

それを聞いた藤間が、意外そうな顔をした。

ちょっと偉そうに聞こえただろうか。

「へぇ……SNSのイメージだと、もっとふわっとした人だと思っていたが、やっぱり断トツで売り上げているだけのことはある」

藤間の口調が急に変わった。顔には満足そうな笑みが浮かんでいる。

どうやら、強気な部下でも問題ないらしい。

「ありがとうございます」

俊も期待に応え、堂々とした笑みを返した。

「はっきりと言ってくれる方が、一緒に働く甲斐《かい》がある——ところで、このブランドを知ってるか？」

藤間は、テーブルの上に置いてあったファイルから、唐突に冊子を取り出した。

柔らかそうな白いセーターを着てポーズを取っている青い瞳、黒髪のモデルが表紙のルックブックだった。着心地がよさそうで一見どこにでもありそうなセーターだが、醸し出される色気とシルエットの美しさは、デザインが計算し尽くされている証拠だ。

俊はブランド名を確認して、自分の勘が間違っていないことを確認した。

「ジュール・カラドゥですよね。数着しか持ってませんが……」

「知ってたのか」

藤間は驚いていたが、俊も驚いた。日本ではまだ展開されていないので、誰かに話を振っても知っている人がなかなかいなかったからだ。

「はい！　シルエットが本当に綺麗《きれい》で、シンプルでもジュール・カラドゥだと分かるデザインは、神がかっていると思います。日本では買えないのが残念です」

セール価格で五万程度のカットソーを、この間思い切って手に入れたばかりだ。自社ブランドと違って社割がないので、気軽に買える価格じゃない。

「ファストファッションへの対抗という感じのタイトルだったと思いますが、つい先日ネット記事も読んだところです。長く着られるデザインと生地へのこだわり、無難過ぎず色気があるデザインは――って、すみません、つい興奮してしまいました」

ジュール・カラドゥのことを対面で話せる人がいたことに、つい我を忘れてしまった。

「その記事は英語版しか出ていないが、勉強熱心だな」

目を丸くした藤間も、さらっとそんな返事をするということは、同じ記事を読んでいるに違いない。

「ありがとうございます。オフでも服のことばかり考えています」

「君の大学の英語学科だと、外資系や海外での就職も考えられただろ？　販売ではあんまり英語を使う機会はないが、もったいないと思わなかったのか？」

会社に登録している人事情報に掲載されているので、彼ならそういった情報を知ることは可能だろう。でも、大学のことまで頭に入れているとはびっくりだ。

「大学受験の時は英語ができればアパレル業界で有利になるかもしれないと思って、英語学科を選びました。高校時代から好きなブランドで働けているのは、幸運過ぎるくらいです」

現在形で話してしまったが、自分は異動が決まったところだった。急に心が冷えていくのを感じながらも、俊は笑顔で付け足した。

「ただ、私ももうすぐ三十になるので、今後のことも考えていたところです」

藤間は考え事をするように、男らしい顎を擦《さす》る。微妙な空気になってしまったかと、後悔し始めたところで、彼は再び口を開いた。

「ジュール・カラドゥが掲げているメッセージは知ってるか？」

「はい――」

続きを言う前に、藤間は俊が答えようとしていた二つの単語を口にした。

「Only genuine ――君なら、どう訳す？」

癖のない、流れるような綺麗なアクセントだった。

「本物だけ――あっでも……」

直訳すると、『唯一の本物』とも言える。でも、ジュール・カラドゥの服や彼のインタビューから、俊が感じた印象だと、もう少し違う日本語にもできるのではないかと思った。

「なんだ？　言ってみてくれ」

藤間が身を乗り出してくる。

「『本物しかいらない』、というのは意訳し過ぎでしょうか？　ニュアンス的にはそういう意味かと思います」

「いいな。ジュールのこだわりや本物志向が伝わってくる」

満足そうに藤間が頷くので、俊は嬉《うれ》しくなって微笑んだ。

「ありがとうございます。彼のファッション感覚は、哲学的なところもある気がします。流行を生み出し新しい洋服を作り続ける立場でありながらも、本物は簡単に替えの利くものではない、服も年齢の変化で似合わなくなるなんて、もうナンセンスな考えなのだということを――」

またうっかり語り始めてしまったところで、俊ははたと我に返った。

藤間は俊の話に聞き入る姿勢を崩さない。

でも――。

「あの、ところでこの話は、私の異動とどう関係するのでしょうか？」

レディース部門からメンズに異動になったと、さっき言っていたが、俊はこれまで藤間とはまるで接点がなかった。初対面で新しい上司になる相手と、何故仕事中にファッションオタク談議をしているのだろう。異動の動揺も相まって、なんだかよく分からなくなってきた。

「我々が、日本でジュール・カラドゥを売っていく」

静かに発せられた藤間の言葉に、俊は文字通り固まった。

「え」

「ジュール・カラドゥとライセンス契約を結んだ」

「えええええ」

上司の前だというのに、「え」しか言葉が出てこない。

「来年の三月には、東京《とうきょう》、名古屋《なごや》、大阪《おおさか》の百貨店で営業スタートだ」

「日本で、しかもライセンス契約ですか⁉」

まるで夢を見ているような話だ。都内で、試着ができて、手の届く価格のジュール・カラドゥが買えるようになる。よく座ったままでいると褒《ほ》めてもらいたい。

「君に、ジュールのプレスを担当してもらいたい」

「プレス？」

俊は瞬きを繰り返す。プレスとは、あのプレスだろうか。

アパレル業界で、絶大な人気を誇る職種。

広報、宣伝。担当ブランドの商品を多くの人に認知してもらうため、活動する人。

それだけじゃない、ファッション雑誌やＳＮＳなどに出て、自らが商品を着て宣伝する芸能人のようなプレスもいる。

「あの、私は今まで販売職しか――」

「勿論、知っている」

藤間はサラッと言ってくれるが重要なことだ。俊は無意識に首を振っていた。

「ジュール・カラドゥの立ち上げですよね？　そ、そんな重大な仕事を、未経験の私でいいんですか？　販売なら分かりますが、プレスにですか？」

「ちょっと一緒に来てくれるか？」

藤間は言いながらもうテーブルの上に置いていた物を纏《まと》め始めた。

行き先を聞いても聞かなくても、すぐに分かるだろう。そして藤間が考えていることも。俊は素直に頷くと彼の後について会議室を出た。

藤間に連れて来られたのは、プレスルームのあるフロアだった。

プレスルームには、雑誌や撮影などで貸し出す商品サンプルが置いてあって、店舗と同じようにレイアウトされている。そこの管理、雑誌編集者やスタイリストのイメージを聞いてコーディネートを提案するのもプレスの仕事だ。撮影に立ち会うこともある。

俊にとっては、自社の扱うブランドの最新アイテムが勢揃いしている夢のような場所だ。しかし、同時に、この本社ビル同様、普段は自分とあまり関係のない場所でもあった。

「そっちじゃない」

プレスの受付に引き寄せられていた俊は、藤間の面白がるような声に呼び戻された。

「我々のスペースはまだできていない」

藤間が俊を連れてきたのは、鉄扉の一切飾り気のない倉庫だった。

ブランドごとにスペース分けされているが、一角だけ服が極端に少ない。

大きなレールハンガー一台にジャケットやパンツ、シャツやニットが、ゆったりと幅を開けて並んでいる。トルソーにはブルゾンが着せられていた。

全部ではないが、見覚えがある。

スマホの画面越しに見ていた、ジュール・カラドゥの服だ。

「見ても構いませんか？」

まだ日本では流通していない高価な服が目の前に並んでいる現実に、俊はしばし異動への戸惑いを忘れた。というより、馬鹿みたいに騒ぎたいのを堪《こら》えるのが大変だ。

「手に取って構わない。君に見てもらいたくて連れてきた」

「ネットで見ていた以上ですね、最高です」

三十万近いジャケットに触れると、その生地の触り心地に思わずため息が漏《も》れる。

「シンプルなデザインだが、見れば見るほど個性的で色気があるだろ」

俊は藤間の言葉に頷いた。コスモクローゼットとは違って落ち着いた色が中心だ。でも決して地味ではない。

「仰《おっしゃ》る通りです！　このシルエットは実際に着ると、もっと映えますよね。あの、こちらのブルゾンはライセンス用ですか？」

トルソーに飾られている黒いブルゾンは、少し雰囲気が違っていた。

近くでじっくり見るとよく分かる。他のジュールの服と比べるとディテールの繊細さは劣るが、その分、扱いやすそうだ。

「ああ。試作品だが、ジュールが細部まで監修している」

「素晴らしいですね。ライセンスでこれだけの——黒に重苦しさがない……パイピングも効いてますね。それにこの生地なら、長く着られますね」

俊は食い入るようにブルゾンを手に取って観察する。黒は無難だと思われがちだが、実はなかなか難しい色で、安い物はすぐに分かってしまう。

着てみたい、当然だ。

でも、ここに至るまで、藤間に対していつものしっかりした社会人としての姿ではなく、ファッションオタクの一面を見せすぎてしまった。

自分が担当することになるなら、こんな浮ついた態度ではダメだ。

「でも何故、ジュール・カラドゥがライセンス契約を？」

俊はやや苦労しつつ、ギアをビジネスモードにチェンジしていく。

質問の意図を、藤間は望んでいた以上に汲《く》み取ってくれた。

「ライセンスビジネスは衰退したと言われているな。だが一方、根強いファンも多い。中古でも、人気ブランドの状態がいい物は盛んに取引されている」

十年以上前の物でも、生地が昨今の物とは傷み方が全然違う。ブランドの価格帯は現在と同じでもだ。しかもライセンス商品は、インポートと違って日常で使いやすい。

「私も買ったことがありますが、ヴィンテージでも、びっくりするほど質がいい物が多いですよね。ライセンス事業が盛んだった頃は、洋服以外にも、アクセサリーやバッグ、文具、色々展開されていたブランドも多かったんですよね。羨《うらや》ましいです」

しかし、オリジナルでは作らないようなラインナップ展開や、安く手に入る商品も作られていたという。誰にでも手に入るようになると、ブランド価値は低下してしまう。当然、ブランド側は面白くない。

藤間がそれを知らないわけがない。

「わざわざライセンス契約をして、何でもかんでもロゴをつけて売られるリスクもなく、ブランドのイメージをコントロールしながら、やりたいようにやる方がいいと思うのも当然だ。インターネットで、どこからでも簡単に何でも買える時代だからな。だが、今まで培ってきたノウハウのすべてを否定する必要はない」

「そうですよね。あらゆるところで選択肢が減ってる今、却《かえ》って新しいと感じる人もいるかもしれません」

どんどん便利になっているはずの世の中で、ファッション一つ取っても、どこもかしこも同じような商業施設、中に入っているブランドも同じ、品質もイマイチ、それでは面白くない。

「ジュールとは一年かけて話し合ってきた。彼が今のファッション業界に抵抗しているということは、周知の事実だろう？　古き良き時代のいいとこ取りにチャレンジしてみようと言ったら、俄然乗り気になってくれた」

「いいですね」

俊はクスリと笑う。

「デザインや宣伝については、ジュールにも納得がゆくまで関わってもらう」

「ですが成功したら、いずれ直営でやりたくならないでしょうか」

いや、そうなるはずだ。

その方が利益は上がるし、面倒なことは単にアウトソースするという手もある。何よりも自由にやれる。だから、日本で地盤を固めた後は契約を解除し、直営に切り替えてゆく。ここ最近で、実際に起きてきたことだ。

企業側はそのブランドが利益を上げているほど、契約を解除された際のダメージが大きい。

だが、藤間は平然と頷く。

「構わない。我々も並行して国内ブランドや他のブランドを育てて、一つのブランドに依存しなければいい話だ。いずれにしても、トレンドをコピーした劣化版を安く売るメーカーに、ファッション文化が殺されていくのを、黙って見ている気はない。文化や芸術を守ることも我々の仕事だと思っている」

強い言葉だ。

レールハンガーのそばに立っていた藤間が、トルソーを挟んで俊の隣に並ぶ。

俊は藤間の思いの強さをその表情から読み取りたくて、彼を見上げた。

新しい上司は、真っ直ぐな瞳で自分を見詰めていた。

「ファッション業界は、このままではだめになる。いや、もうだめだと言われて久しい。デザインだけを考えれば——あくまで『流行《はや》り』という意味だが——ファストファッションで安く手に入るなら、消費者がそちらに流れるのは無理もないのも分かるが……君はどう思う?」

「私は——」

心臓が早鐘を打つ。

大好きなブランドにさえ、価格に合わない質の悪い生地が使われ始めている。業界に落ちる影の存在を、肌で感じている。

「私も同じことを考えていました。私は——本物がいいです。デザインを模倣したって、シルエットは不恰好《ぶかっこう》で、安かろう悪かろうが平然とまかり通っている、みんな本物を知らずにそれでよしとしていることが残念です。買い替えサイクルの早さ、環境汚染、そういったことももっと知られるべきだと思います。本物との違いをもっと知って欲しいです」

口に出していくうちに、握った拳が熱くなっていくのを感じた。

「どこまでできるか分からない。でも、俺が本物だと感じる、ジュール・カラドゥの存在を広めることで、今のファッション業界の流れに逆らっていきたい」

クールに淡々と仕事をこなしていそうな男が、胸にこんなに熱い思いを秘めているなんて。彼の言っていることは、一店舗のトップでしかなかった俊には眩暈《めまい》がしそうなほど途方もないことに聞こえた。

でも眩暈と共に、焦がれるような熱い想《おも》いが湧き上がってくる。

「ぜひやらせてください。よろしくお願いします！」

「こちらこそ、よろしく頼む。時間がなくて悪いが、三月一日から、君はジュール・カラドゥのプレスだ」

藤間は力強く頷いた。

俊も同じようにコクリと頷き返す。

異動まで二週間。

既に頭の中では、異動までにやることのリストアップが始まっていた。

自分にできることがあるとすれば、できるだけ服を売ることだけだと思っていた。

でも、この同じ思いを持つ上司と、ジュール・カラドゥと共になら、何かを変えられるかもしれない。


藤間との話を終えた俊は、興奮冷めやらぬまま店長会議の面子《メンツ》との飲み会会場に向かった。

場所は本社近くの香港《ホンコン》海鮮料理店。味は本格的なのに懐の痛まない価格だ。香港にあるという本店をそっくり真似《まね》た内装も、普段縁のない旅行気分を味わわせてくれる。

個室の前まで辿《たど》り着くと、中から同僚の盛り上がっている声が聞こえてきた。

「あと二週間で長野《ながの》だって、もう辞めたいよ」

二週間——俊もついさっき聞いた言葉だ。あまりいい予感がしない。中に入るのを止《や》めて、その場に留《とど》まった。

「本社勤務希望で入ったのに、嫌がらせだよな。イベントの手伝いもして、売上もそこそこ上げてきたのに。異動だか辞めるのだか知らないけど、どこの店長だよっ」

「玉突き事故か、最悪だな」

別の同僚が同情の声を上げる。

俊の場合は会社命令だが、急に誰かが辞めたりすると、店舗はシフト制のためすぐに穴埋めが必要となる。しかし誰でもいいというわけにはいかない。残った人員でバランスを取り直すため、複数の人間が動かされることはざらにある。

巻き込まれた側は、寝耳に水だ。今回のように急な場合も珍しくないし、大抵は迷惑でしかない。そういう人事を、動かされる側は怒りを込めて玉突き事故と呼んでいるのだが、まさか自分が起こす側になるとは思ってもみなかった。

「噂《うわさ》じゃ、汐瀬が出世するんじゃないかってさ」

また別の仲間が言う。

まだ発表されていないが、どこからともなく情報が漏れるのは嫌になる。

「出世の異動なら汐瀬さんで決まりだろ。ＳＮＳすごいし。女まで汐瀬さんが着てた服が欲しいって店に来るんだぜ」

　それをきっかけに、俊の話で盛り上がっていく。

「正直、ちょっとウザくないか？」

「ＳＮＳでチヤホヤされて、会社側もその気になって好き勝手させ過ぎじゃん？」

　そういったのは、一番付き合いの長い同期で、今日の幹事だった。

「お前らのそれ、やっかみだろ」

　その発言も、別に俊を庇《かば》っているわけじゃない。やっかんでいる側を揶揄《からか》って楽しんでいるだけだ。

「うるせぇな。俺は本社に行きたくて頑張ってきたんだよ」

「行きたいのはお前だけじゃないって」

「俺、ムカつくから年上だって知っててわざとタメ口をきいてる。全然気付いてねぇの、笑える」

　今朝、声をかけてきた転職組の男が下卑た調子で言う。

　だろうな、知っていた、そんなことにも気付かず売上ナンバーワンでいられると思っているのだろうか。

　今や完全に中に入る気は失《う》せていた。

「やっぱりこうなるよなぁ……」

入社当時は団結していた同期、同じ店舗で親友のように毎日ふざけ合っていた仲間、そして店長同士愚痴を言い合ったり励まし合ったり、本物の仲間のように感じていても、環境や立場が変われば、あっという間に疎遠になった。

売上を出して、店長に昇り詰めていく過程で、嫌というほどそういうことが繰り返されてきた。

おまけにSNSだ。

見ず知らずの顔も素性も分からない相手が、当たり前のように好き放題言ってくれる。注目度が上がるにつれ、同僚たちとの距離が開いていく。

でも感傷的になって悩むことはなかった。服が売れる対価として、それくらいは当然のことだと思っている。

仕事は仕事だ。

やると決めたら、ゴールに向かって突き進む。

「っ……」

俊は無意識に拳をきつく握りしめ、奥歯に力を入れていた。

スマホを手に取ると、部屋の中で自分を酒の肴《さかな》にしているうちの一人である幹事の連絡先をタップし、呼び出し音を聞きながらその場を離れた。

今日の幹事は、残っていた数少ない同期で店長仲間だった。少なくても、個人的に飲みに行くことは、もうないだろう。

『おお、俊、今どこだ。早く来いよっ』

電話の口調は、これまでと何ら変わりない親し気なものだった。

「ごめん、今日行けなくなってさ」

『大丈夫か？　お前が来ないとつまんないじゃん』

俊はそれを聞いて、思わず首を振って苦笑いしてしまった。まさか部屋の前まで来ていたことなど知らないのだから、仕方ない。

「会費は振り込んでおくよ……いいって、急に悪いし。みんなによろしくな」

中には最低な奴もいるが、彼を含めて大抵の人はそうじゃない。

みんな、それぞれの毎日を、必死で過ごしているだけだ。

仕方ないことだ。

これからは全力でジュール・カラドゥのために、ファッション文化を守る第一歩を踏み出すために、一番いいと思える仕事をするのみだ——。

# 2

ＳＮＳで俊《しゅん》が異動の知らせを投稿すると、普段と違うサイクルで顧客やかつて接客したお客様、初見のお客様も大勢来店し、初売りのような忙しさのうちに最後の二週間が終わった。

俊は今日、三月一日付で青山の本社ビルでの勤務をスタートした。

「新しいメンバーを紹介する。ジュール・カラドゥのプレスを担当してもらう汐瀬《しおせ》俊さんだ。直近では、コスモクローゼット新宿フラッグシップ店で二年ほど店長をしていた」

会議室で円卓を囲んだメンバーに、藤間《とうま》はそう告げて拍手をした。

「汐瀬です、よろしくお願いします」

俊は藤間の横で立ち上がり、初めて会う二人に微笑みかけて頭を下げた。俊が腰を下ろすのを待ち、藤間が反対隣に座っていた女性を紹介した。

「ジュールのウェブ担当、柳《やなぎ》美姫《みき》さんだ。オンラインショップのサイト構築から、データ取得、分析リサーチの他、メルマガ、ＳＮＳにも協力をお願いしている」

赤いセルフレームの眼鏡《めがね》に派手なリップを塗《ぬ》った彼女は、ぽっちゃりめの体型に派手なニットワンピースがよく似合っている。その場にいるだけで場が明るくなるような人だ。

「よろしくお願いします。ジュール・カラドゥのEC担当リーダーです。藤間さんとは同期じゃないけど同い年で、レディースでも一緒に仕事してたから、ずけずけ言っちゃうけど怖がらないでね」

ハキハキ喋《しゃべ》る明るい彼女に、俊は好感を持って笑みを深めた。

「はい、こちらこそよろしくお願いします」

「SNS、いつも見てました。勿論、いろんなスタッフさんの投稿チェックしてるんだけど、……今回ばっかりは有名人に会った気分っ。秋冬物の第一弾で出てた赤のバッグ、汐瀬さんの写真見て可愛いなぁって思って買っちゃった。それからねぇ――」

早口で柳が捲《まく》し立てていると、藤間がわざとらしく大きな咳《せき》払いをした。

「今、汐瀬はジュールのプレスだ」

まさか、藤間が注意したいのはそこなのか。

「ハイハイ、分かってますって」

柳がツッコミを入れてくれると思ったが、彼女はただ藤間をあしらうように手を振る。

「サイトの作成とかその辺りのことには疎いので、ご迷惑をおかけするかもしれませんが、よろしくお願いいたします」

同じ会社の社員といっても、店舗にいると本社の人間と関わることが少ない。よその会社の人と、あまり認識は変わらなかった。俊だけでなく店頭にいる人間は、社内の人がどんな仕事をしているのか、細かいことまでは知らない。

「難波《なんば》」

藤間が柳の隣に座っていた若い男性を見る。

「はい、難波颯太《そうた》です。二十五歳です。二年ほど、『V.V.』でプレスアシスタントを経験してきました。サンプル管理や貸し出し管理、その他、汐瀬さんが動きやすいようにサポートしていきます！　三つ下なんで、気軽に使ってください」

さっぱりした顔立ちと裏表のない素直な雰囲気で、二十五よりも若く見える。V.V.はワイルドさを売りにしたメンズブランドで、下手な着方をするとガラが悪く見えがちだが、難波はモノトーンのジャケットとパンツに、うまく別のブランドの青いニットを合わせて、本人の印象同様に爽《さわ》やかだ。

「ありがとうございます。私の方が色々と教えていただくことが多いと思いますので、足手纏いにならないように頑張ります。V.V.の着こなし、かっこいいですね」

俊が笑いかけると、難波は照れた笑みを浮かべた。

「汐瀬さんに褒められるなんて、心臓バクバクしますからっ」

俊はさっきから難波の表情を見ていて、既視感を覚えていたのだが、今の笑顔で記憶が噛《か》み合った。

「難波さん、コスモクローゼットに来ていただいたことありませんか？」

難波は驚いた顔をして藤間と柳を交互に見て、頭を垂れた。

「ええ！　うわ、負けたっ」

「嘘でしょ、藤間さんの一人勝ちじゃない」

柳も肩を落とし、藤間だけは得意げに腕を組んで僅《わず》かに笑みを浮かべている。

「汐瀬の歓迎会は君たちの奢《おご》りだな」

「どういうことですか？」

俊は親し気に会話を繰り広げている面々を見まわした。

「気を悪くしないで欲しいんだが、難波に君の偵察を頼んだ。資料だけでは分からないことを知りたくてな」

「偵察？」

しれっと藤間が言ったことに、俊は戸惑いを隠せない。

「難波さんを接客したこと、覚えてるかどうか賭《か》けしましょうって言ったのは私ね」

柳が言う。そういうことか。でも、藤間がそれに乗っかるとは。

「藤間さんだと、年齢的にコスモクローゼットはキツイじゃないっすか。ポケットマネーで好きな物買っていいから、私に接客と人となりを見て来てくれってことだったんです」

「キツイは余計だ。俺は汐瀬が覚えていると確信していた」

あっけらかんと素の口調で説明してくれた難波に、藤間がやっぱりどうでもいい苦言を呈した。しかし自腹で偵察とは。

「二度、来ていただいてますよね。生地に関してご質問いただきましたし、二回目は一回目にご購入いただいた幾何学模様のパンツを、茶色の同系色で纏めてたのがかっこいいなぁって思ってたんです」

「おお……あ、あざっす。そこまで覚えてるんすか」

難波の拍手に続き、柳と藤間まで手を叩《たた》いた。

「今まで接客した人、全員覚えてるの？」

柳が眼鏡の奥の目を見開く。

「全員はさすがに難しいですが、直近のお客様や複数回来られた方は覚えてます」

再び感嘆の声と拍手だ。

接客を認められるのは誇らしいし、何よりチームの人たちが好意的なのが嬉しかった。なかなか好調なスタートだと、俊はちょっと浮かれていた。

まさかすぐ後に、とんでもない難題を吹っ掛けられるとは思ってもみなかった。

「雑談は終わりだ。このミーティングのカレンダーに貼り付けたフォルダを開いてくれ」

自己紹介が終わり、場の空気が温まったところで、藤間がノートパソコンのキーボードを叩いた。いよいよ会議の本題だ。

「モデルというタイトルのフォルダが入ってるだろ。それを見て欲しい」

機嫌がよかった藤間の目が、不満そうに細められていた。

皆と一緒に、俊も自分のパソコンを操作する。

中には、男性の写真がずらりと並んでいた。顔のアップ、全身写真、それからプロフィール。これはコンポジットといって、モデルの履歴書のようなものだ。

年齢層は割と高め、それは別にいいのだが、どのモデルも取り立てて魅力は感じられない。

俊はこれらのモデルがどういう用途で集められたのか、ピンと来ないまま眺めていた。

藤間が再び口を開いた。

「ブランドモデルの候補者たちだ。一般公募はしてない。付き合いのある事務所の推薦だ」

ジュール・カラドゥのイメージモデルなのに、名の知られているモデルはリストに入っていない。せめて、もう少し目を引くような魅力というか、色気を持った候補はいないのだろうか。

「どういう条件で集められた方々ですか？」

俊は疑問に思って藤間に尋ねた。

「手垢《てあか》のついてないモデルを探してる。日本人、二十代から三十代、演技もできることが条件だ」

「演技？」

柳が知らなかったということは、今のところ情報量は自分と変わらないということか。

「ああ、ジュールの希望でブランドの世界観をイメージしたショートフィルムを撮ることになっている。ＳＮＳ、ホームページ他、オープニングパーティーや店頭でも流す」

「何分くらいのものですか？」

最近、ＣＭに代わり盛んに作られているものだ。あからさまに特定の商品を宣伝するのではなく、ストーリーの中にブランドの精神を落とし込んで、自社商品は小道具として登場する。大抵は有名な映画監督が撮っていることもあり、話題性は十分だ。

俊もよく観《み》ている。

「十五分程度の予定だ。脚本については未定だが、ジュールが監督する」

「えっ、長いですね」

難波が驚く。

ブランドごとで異なるが、短いものだとＣＭと同じくらいなので、確かに彼の言う通り十分超えは長い。

「ジュールが？　監督は初めてですよね⁉」

そんな貴重な機会に立ち会えるなんて、少し前までは全く想像すらしたことがなかった。

「そんなに長いとコストも掛かると思うけど、日本ではほぼ無名なのに、いきなり大丈夫？」

柳は現実的だ。

「ああ、柳の言う通りだ。それだけじゃない、ジュールが本格的に関わる分、通常のライセンス商品の価格より売値も上がる。つまり、モデルにはあまり予算を掛けられない」

それを聞いた一同は、微妙な溜息《ためいき》を漏らした。

なるほど、候補者がパッとしないのは、そういう事情もあるのか。

「幸いと言ってはなんだが、ジュールもギャラの高い有名人は希望していない。だが、事務所頼みでは、この通り微妙だ。ということで、汐瀬、モデルを探してくれ」

「えっ⁉」

名指しされた俊は、心底驚いた。

まさかそういう流れになるとは。

モデルを探すとは具体的にどういう手順で何をするのか、皆目見当もつかない。藤間は一体何を考えて、そんな大切なことを何も知らない自分に任せようというのだろう。

ドラマや映画の話なら原石探しは面白そうだが、自分がやるとなれば完全に話が違う。

「四月後半に書類選考を行う。あと一カ月半程度ある。五月の連休明けにはカメラテスト込みの二次審査だ。その後、三次審査までに候補モデルとのバランスを考えたショートフィルムの相手役を揃えて演技テストを行う予定だ」

俊がぐるぐる思考を巡らせあたふたしているうちに、藤間の説明は淡々と進んでいた。

「モデルは日本人っていう条件は、サイトの着用画像も？　シルエット売りの服なら、外国人モデルの方がよさそうなのに」

柳の言い分はもっともだ。これは日本人の体型がどうとかという話ではない。

企業がこぞって外国人モデルを使うのには、ちゃんと理由がある。同じ日本人だと、個々の経験や好みでモデルに対してイメージが膨《ふく》らみがちだが、外国人モデルを使うことによってより服そのものに注目してもらいやすくなるらしい。

「いや、サイトは構わない。日本で日本人向けに展開するからには、ブランドの顔は日本人にしたいらしい」

ブランドを広めると共に、その国の新しい才能も世に送り出すということか。俊は藤間が教えてくれたジュールの考え方が気に入った。

でも、それを探すのが、まさか自分だとは。俊は頭を抱えたかった。

「購買層ではなくても注目したくなる広告、観たくなるようなショートフィルムを打って、そこからのリーチを増やす。コスモクローゼットのＳＮＳは当然分析済みだ。汐瀬の投稿に女性ユーザーが注目し始めてからの、男性客増加との間にはっきりとした相関関係があった。更に、女性客まで獲得している」

話しながら藤間の視線は、どんどん俊から動かなくなり、他の二人の視線も俊に集まった。

「それはコスモクローゼットのコレクションのポップさが、たまたま女性にも受けて……」

狙《ねら》ったわけではなく最初はたまたまだったとは言い出せず、俊は言葉を濁した。

「その点は問題ない。ジュール・カラドゥが展開する予定のバッグやアクセサリーは、ジェンダーレスなデザインやペアもある。より宣伝はしやすくなるだろう」

「それは楽しみです！」

本国でもたまに売っているが、割とレアだ。それらを社販で買えるとしたら、モデル探しの不安が吹っ飛ぶほど嬉しい。

「ああ、それから汐瀬、ジュール・カラドゥジャパンのアカウントとは別に、プレスとしての個人アカウントの運用も頼みたい」

「個人で、ですか？」

ＳＮＳのことは予想していたが、個人のアカウントまでとは思っていなかった。

「ああ、六月には両方ともアカウントを開設して、君の写真やブランドのオープニングまでの仕事についてレポートしてほしい」

「いいわね、面白そう。汐瀬さんの自撮りをぽんぽんアップすれば、オープニングまでに知名度も上がりそうだし」

「アパレル業界で働きたい人にも受けそうっすよね」

柳も難波も乗り気だ。

「ＳＮＳを駆使して、ブランドモデルと一緒にジュール・カラドゥを盛り上げてもらおうと考えている。それもあって、汐瀬にモデル探しを頼みたいんだ。君と相性がいい本物の魅力を備えたモデルを探してくれ」

「分かりました」

俊は半信半疑で藤間に頷いた。自分が表に出ることで、そこまでの効果が得られるのだろうか。

「汐瀬」

藤間は俊の迷いを見越したように、改まった様子で呼んでくる。

「君がＳＮＳの発信を始めて、どんどん拡散されていくのを見てきた。人一人の力で、業界を変えられるとは思っていない。それでも、君はうちの会社の誰より訴求力を持っているし、俺は君の感性を信じている。どんなモデルを見つけてくるか、期待している」

そうだった。ファッション業界を変える話に興じておいて、モデル探しやＳＮＳ如《ごと》きで立ち往生するわけにはいかない。

「が、頑張ります！」

誰もが認める「本物」の魅力を持った原石――。

かなり無茶だと思うが、ここまで藤間が自分のことを買ってくれているのだ、何が何でも、オーディションに来てくれるモデルを見つけなくては。

「全然だめだ……」

執務スペース内に設けられている、オシャレなガラス張りのミーティングスペースで、俊はその華やかさに似つかわしくない大きな溜息を漏らした。

「だめですか……」

向かい合って座っている難波も、同情めいた溜息をついた。

モデル探しの命を受けた時は、四月後半までならまだ時間がある、なんとかなると思っていた。しかし気付けば特に成果のないまま、三月が終わろうとしていた。

「あと半月ほどっすね」

勿論、俊も分かっているが、言葉にされると余計に焦りを感じる。

「びっくりだよ、いつそんなに時間が経ったんだろう」

まさか自分がこんな弱音をはくことになるとは。

最初の印象通り、難波は話しやすくて、すぐに打ち解けることができた。こんなふうに相談できるのが、せめてもの救いだった。

「でも汐瀬さん、昨日もてっぺん越えるまで撮影で、今朝はV.V.の巻頭特集の撮影っすよね。

ジュール・カラドゥの打ち合わせ以外にもそれだけやってたら、疲れて当然ですって」

「仕事の基本も知らなかったから、すごく勉強になってるよ」

プレスの仕事を覚えるため、難波が所属していたブランドV.V.の仕事に何度か同行させてもらっている。今日は早朝から渋谷《しぶや》のカフェと、その近くの路上でロケがあった。人が動き出す前に行う撮影も多いので、鬼畜のようなスケジュールだ。さっき、V.V.のプレスとモデルたちと早めの昼食を摂《と》って社内に戻ったばかりなのだ。

現場には快く受け入れてもらっているが、これまでバリバリ身体を動かして率先して業務をこなしてきた身としては、まるで新入社員に戻ったみたいで妙に落ち着かないのだ。

それに——。

「既に磨き上げられて輝いてる宝石を間近で見てしまうと、目だけ肥えちゃうね」

モデル探しがうまくいっていないことへの、くだらない言い訳だ。

「この前の候補者もダメだったとなると……藤間さん、厳しいなぁ。何かヒントになりそうなこと言われませんでした？」

難波は背伸びをして唸《うな》る。

「うん、特には」

俊は内心ギクリとした。それというのも、その候補者は、困っている俊を見兼ねて、難波が紹介してくれた人なのだ。

書類を藤間のデスクに持って行った時のことを振り返ると、難波に申し訳なくて詳しく話す気にはなれなかった。

『本当にいいと思ったのか？』

コンポジをさっと見るなり、藤間は興味なしという顔で机に置いてしまった。

『爽やかな方ですし、ネットで彼の動画は――』

もういいと、藤間は静かに首を左右に振りつつ片手を上げた。事前に整理してきたモデルのアピールポイントを、全部言い終える間も与えられなかった。

『ちょっといいか？』

藤間はすっと椅子から立ち上がると、俊を手招きする。

執務エリアを出た道路側の窓の近くが、藤間に呼び出される定位置になっている。

他の人は、ガラス張りのミーティングスペースや立ったまま話せる丸テーブルに集まるのだが、藤間はガラス張りなんて露出狂みたいだと嫌っている。なのに、日光が燦々《さんさん》と降り注ぐ大きな窓のそばは構わないらしい。

『あの候補者は難波のツテだろ。それで探せるなら、君には頼まない。俺がプレスに据えたのは君なんだ』

『あ……すみません』

自分を買ってくれている相手に、安易な方法を取ったと指摘されてしまった俊は、恥ずかしさで頬が熱くなりそうだった。

藤間は腕組みすると、俊が口を開く前に言葉を続けた。

『ブランドのコンセプトは？』

これを聞かれるのは、最初の会議以来、何度目だろう。

『本物しかいらない、です』

初対面の時に俊が答えたこの日本語が、今ではチームの共通訳語になっている。

他でもない自分が言った言葉で、意味だってちゃんと分かっているのに、それを証明できる仕事ができていない状況がもどかしくて悔しかった。

『そうだ。モデルと一緒に露出してもらう機会も多くなる。君との相性も考えろと言っただろ。これまで自分やスタッフを使って服を魅せてきたように、しっかり自分の中に落とし込んで同じように考えてみろ』

藤間の言っていることが、分かるようで分からない。

俊は何かこの状況を打破できるヒントを得られないか、藤間に今の困惑を分かってもらえないかと、できるだけ感じたことを素直に伝えてみようとした。

『自分やその場にいるスタッフと店にある服をマッチングさせることと、モデル探しでは違うことばかりで、感覚的にピンと来ていない状態なんです』

藤間は鷹揚《おうよう》に頷く。

『勿論違うだろう。とはいえ、現状、君ができることは、君の感性や現場で得てきた人脈を生かすことだ。難しく考え過ぎなくていい』

『私の繋《つな》がりでSNSに強い方たちを推薦してきましたが、合わないと仰いましたし』

一番多く繋がりを持っているのが、自身もアルファな存在として活躍していたSNSをベースに活動している人たちだ。人脈を生かすことは最初に考えたし、実行もしてきた。でもそれをことごとく却下され、行き詰まっているのだ。

『SNSに強いことがダメというわけではない――ただ、すまないが、君が候補に上げてきたクリエイターたちに、「本物」と形容するほど強力な魅力を感じなかった。たとえば、今日、持って来たあの候補者でSNSをどう展開するか、どういう反響が得られるか、イメージが膨らむか？』

『……いえ、そこまではまだ』

悔しいが、藤間の言う通りだった。

『人脈を生かせとは言ったが、伝手《つて》にこだわらなくていい。いざとなれば、それは俺の方で見つけてくる。それよりも君の感性を優先してくれていい』

大小様々な芸能事務所のHPを開いて、所属モデルを見て回った。各種SNSで注目されている人たちも探しまわっている。

誰もが知っている売れっ子ならともかく、新人でオーラを感じるような人物なんて、そう簡単には見つからない。

なんとか数人、できるだけ容姿が整っていて好感を持てるモデルを集めるのが精一杯だった。

藤間は責めることも過剰に慰めるようなこともせず、ただ淡々と真っ直ぐに俊を見詰めて言葉を紡いだ。

『焦るな。お前だって、分かってるはずだろ？　ピンと来ないモデルはもう推薦しなくていい』

『はい……』

図星だった。

俊は藤間の視線に耐えられず、らしくもなく目を逸らした。

結果的に、数合わせをして体裁を取り繕おうとしていただけになっていた。

藤間はそのことも俊が行き詰まっていることも分かった上で、トドメを刺すような言い方はせずにいてくれたのだろう。

感情的に怒られるより、よくも悪くも心にずっしりきた。

「他に当ては残ってないんですよね」

藤間との話を思い出し、自分のダメさ加減に凹《へこ》んでいた俊は、難波の問いかけで現実に引き戻された。

「汐瀬さん、もう一度、イメージしてるモデル像を整理してみませんか？」

難波がパソコンのキーボードに手を乗せるのを見て、俊はゴタゴタしている頭の中を整理しようと試みた。

「ブランドのテーマが本物しかいらない、日本人、年齢は二十代から三十代——現実的に、ほとんど露出のない人、新人を探すとなれば二十代の方が可能性は高いと思うんですけど」

「そうっすね。三十代の新人って、なかなかいない気が……いれば話題になると思いますけど」

「ですよね」

大してイメージがしっかりしていないことに改めて気付かされて、再び溜息をつく。

そうこうしているうちに、俊のパソコンの画面が次の予定をポップアップで知らせる。

「すみません、V.V.のプレスルームに行く時間になりました」

「ああ、打ち合わせ見学でしたね」

サンプルの貸し出し業務を見せてもらうことになっている。ドラマのスタイリストが来るらしい。

難波と分かれて向かったプレスルームでは、色々なコーディネートを見ながら話を聞いていた。メディアで自社の服が使われているのを見つけると嬉しくなるが、そこに至るまでの仕事を見るのは初めてで勉強になった。今後、自分がそれをやる立場になるということを、ほんの少しだが実感できた。

打ち合わせが終わると、俊はまだたいして物が増えていない自分のデスクに戻った。ずらっと規則正しく机が並んでいるわけでも、以前に流行ったフリーアドレスでもなく、小さなデスクの島が点々としていて、パーティションまでついている。誰でも使えるソファも置いてあり、そこでパソコンを抱えて仕事をしている人もいる。

忙しい時は、狭いバックヤードでコンビニのサンドウィッチやおにぎりを食べていた路面店と違ってゆったり過ごせ、集中して仕事ができるスペースが充実している。

とはいえモデルが見つからないという焦りで、落ち着いて優雅に仕事をする気分には程遠い。

行き詰まってるなぁ。

ふぅっと何度目か数えるのも面倒になった溜息をついたところで、書類立てに少しはみ出すように入れていた封筒が目に付いた。

「あ、金曜か」

コスモクローゼットの顧客が送ってくれた、舞台初日の招待チケットだ。

顧客は劇団の脚本家で、今はテレビや映画にも脚本を書いている売れっ子だ。藤間の反応が一番マシだったモデルを紹介してくれたのも彼だ。

店舗から離れてしまって悲しいことの一つは、こんな機会でもないと顧客に会えなくなってしまったことだ。

よし、金曜は早めに仕事を終えて、せっかくだからチケットを使わせてもらう。直接モデル紹介のお礼も言えるし、久しぶりに顧客と会って話ができれば、いい気分転換になるだろう。

金曜日の夜、俊は下北沢《しもきたざわ》と三軒茶屋《さんげんぢゃや》の間に位置する劇場にいた。

一見したところ個人宅にしか見えない洋館で、なかなか変わったところだった。客席は桟敷《さじき》とパイプ椅子を合わせて二百程度とこぢんまりしているが、平日にも拘《かか》わらず様々な年齢層の客で賑《にぎ》わっていた。周りの話を小耳に挟んだところ、観客はこの劇団と同じく小規模で活動している舞台関係者が多そうだった。

家で動画でも見て気分転換をしようと思っても、つい服のことや雑用が気になってしまう。しかし、目の前で演じる人たちに集中して物語に入り込めた約二時間は、俊にとって久々に仕事と切り離されてリフレッシュすることのできる時間となった。

終演後、俊は真っ直ぐに楽屋にいる脚本家の元に通してもらうべく受付に向かった。お礼と共に、この満ち足りた気分を伝えたい。

「すみませ――」

差し入れの並ぶテーブルの前で、屈《かが》んで作業をしていた人物に声をかけようとして、俊は言葉を失った。

「なんでしょうか？」

真っ直ぐ立った彼は、びっくりするほど背が高かった。しかも、彼が着ているツイードのジャケットは、察するにウン万円ではなくウン十万円する高価なものだ。

だが、俊が驚いた理由はそれだけじゃない。

彼が顔を上げると、後ろ髪よりも長い前髪がさらりと流れ、その瞳が露《あら》わになった。鋭くて、けだるげで、陰《かげ》を含んだ印象的な眼差《まなざ》しだった。

心臓を落っことしたような衝撃が走った——。

俊は、近くを通る人のことを気にしながらも、数歩後ずさった。

「どうかしましたか？」

低くよく響く声で、彼が尋ねてくる。

どうもしていない。ただ、彼の全身をちゃんと見たかっただけだ。

すらりと伸びた手脚に広い肩幅、高い腰も尻もバランスは完璧だ。この体が、ジュール・カラドゥがシルエットにこだわって作った服を纏えば、どんなに美しいだろう。

——本物しかいらない。

彼の美貌《びぼう》と存在感は、非の打ち所がなく本物だった。

「見つけた……」

俊はぽつりと小声で呟《つぶや》いた。

本当はガッツポーズを決め、相手に飛びつきたい気分だ。

「大丈夫ですか？」

さすがに相手は怪訝《けげん》そうな顔をした。その表情さえも滅茶苦茶《めちゃくちゃ》に美しい。

「は、はい、矢代《やだい》さんにお会いする約束をしている汐瀬と申します。受付で名前を言うようにと──」

「ああ、少々お待ちください」

彼はもう一つのテーブルに置いていたバインダーで、名前を確認すると周りのスタッフに声をかけて戻って来た。

「楽屋にご案内します」

受付の後ろに通された俊は、細長いフローリングの廊下を歩きながら案内人を見上げた。

彼の身長は俊より十五センチ以上は高い、確実に百九十は超えている。

艶《つや》やかな黒髪、高い鼻とやや太めの凜々《りり》しい眉、毛穴すらなさそうな滑らかな白い肌、細めの輪郭、ふっくらした唇。

肌の張りから若いのは確かだが、年齢不詳だ。気品と色気に満ちた落ち着いた大人にも、繊細さと危うさを含んだ脆《もろ》くて儚《はかな》げな少年にも見える。

そのすべてが、完璧なバランスだった。

こんなに美しい人は見たことがない、まるでＣＧだ。

俊は呆気《あっけ》にとられたまま、突き当たりの階段を上がっていく彼の後をついて行った。

「劇団の方ですよね？」

「はい」

「ご出演されないんですか？」

「俺は裏方なので」

「裏方って、衣装とか照明とかですか？」

どんな仕事を選んでいるのかが分かれば、少しはこの綺麗な人を知ることができるかもしれない。とにかく何者なのだろうと気になって仕方がない。

「受付とか、雑用です。頼まれたことをしています」

それではぼんやりしていて、イメージが湧かなかった。頼まれたことをしているということは、劇団員の身内とか恋人とかかもしれない。

二階の廊下では、俊と同じように関係者に会いに来た人たちが、それぞれお目当ての相手と話をしていた。

俊の見つけた理想のモデルは、楽屋を通り過ぎ、奥に進んでいく。閉まったままのドアの前で立ち止まり、中に向かって脚本家を呼ぶと、俊に向かって軽く頭を下げた。

「失礼します」

「あ、待っ……」

俊が呼び止めようとしたのに気付いたかどうか分からないが、彼は役目が終わったとばかりにさっと踵《きびす》を返して去って行く。

背筋が伸びていて歩き方も綺麗だ。

彼が通ると、廊下の人たちの視線が申し合わせたように、同じ動きで彼を追う。

追いかけたい。まだ聞きたいことが色々あった。

脚が動きかけたものの、ドアが開いて懐かしい顔が隙間から覗くのを見て、俊はその場に留まった。

「汐瀬さん、今日はお忙しいところ、ありがとうございました！」

劇団ツリーハウスの脚本家、矢代謙《けん》は俊を部屋に招き入れるとにっこり笑った。

部屋の中は楽屋と言うより、彼の部屋みたいだ。ベッドこそないが、ソファにデスク、収納が揃っている。

「こちらこそ、お招きいただきありがとうございました。素晴らしい舞台でした。本当に来てよかったです！」

「楽しんでいただけて僕も嬉しいです。汐瀬さんとお会いするの、なんだかすごく久しぶりな気がします」

矢代は三十三歳だが、小柄で全身から純粋ですというオーラが漂っている人だ。そのせいか、俊はいつも彼の方が年下のように錯覚してしまう。彼が着ている賑やかな柄のオーバーサイズのプルオーバーは、以前、俊が売った物だ。

「私もです、少なくとも月一でお会いしていましたよね。そのピンクのプルオーバー、覚えてますよ。ブルーと色違いでご購入いただいた物ですよね、すごくお似合いです」

「汐瀬さんがちゃんと似合う物を勧めてくださったからです」

こんな会話も懐かしくて、店頭にいた時を思い出す。前に彼と会ったのは二月なのに、もう別の人生のことみたいだ。

「この間もご来店いただいたと副店長から聞きました。モデルさんをご紹介いただいた件も、直接お礼を言いたかったんですよ。本当に色々ありがとうございます」

俊が池袋の百貨店の店舗で、店長をしていた時に矢代と知り合ってかれこれ四年になる。彼もまだ脚本家として名前が売れる前だった。

ボサボサの頭に色褪《いろあ》せた帽子を乗せ、捨てる時期はとっくに過ぎたヨレヨレのTシャツにジーンズという格好で、人前に出るから服を見繕って欲しいと店にやって来た。

今と違って、まぁ軽く不審者だった。

どこかで聞いたことのあるような話だが、他の店ではおかしな人だと誤解され、失礼な扱いも受けたらしい。俊が丁寧に接客したことにいたく感動してくれて、以来ずっと俊から服を買い続けてくれた。

「とんでもないです。汐瀬さんがいなくて寂しかったですよ。それにしても、汐瀬さんは相変わらず綺麗でかっこよくて可愛いですね」

矢代は顔を真っ赤にしながらオドオドと俊を褒め倒す。俊に特別な感情を持っているわけでなく、彼はいつもこんな感じだが、セクハラに聞こえないのは無害そうな容貌とひたむきさゆえだろう。

ここに案内してくれた、人間をやめているレベルで美しい裏方君を見た後では謙遜《けんそん》したくなるが、俊は笑顔で彼の賛辞を受け取った。

「ありがとうございます。いろんな芸能人とお会いされていらっしゃるのに、まだそう言っていただけるなんて。かっこいいといえば、あの受付の方は一体何者ですか？」

矢代はすぐに俊の言いたいことを察したようで、慣れたような苦笑を浮かべた。こういうことを聞かれるのは、初めてではないのだろう。

「あの子はうちの裏方です。あの身長であの容姿、モデルさんみたいですよね。僕も未だに会う度に眩《まぶ》しくてびっくりしますよ。もし表志望の子だったら、絶対汐瀬さんにご紹介していましたけど……」

ほぼ本人から得た情報と同じだった。

「本当にびっくりしました。どなたかのご家族とかご友人ですか？」

「違います、元々お客さんで劇団のＨＰの募集を見て来てくれた子なんです」

「ファンってことですか？」

矢代はその質問に照れくさそうに笑って、少し声を落とした。

「彼の個人情報は本人じゃないのでお答えできませんが、うちの劇団の作品と、僕のメディアの仕事を観て、同じ脚本家に違いないって気付いたそうです」

矢代は劇団とメディアの活動で筆名を分けている。

だから、劇団では顔を出さないし、別室でこそっとこんなふうに会っている。有名になった今でも、このような演者と客の近い劇場で公演を続けたいという。公にされていないのに、自力でそれに気付くなんて、よっぽどのファンでなおかつ頭もいいのだろう。

「それは筋金入りですね、あれだけかっこよかったら、舞台に立ってみませんかって勧めたくなりませんか？」

観る方専門なのだろうか。俊も服に関しては筋金入りだが、家庭科で裁縫を習った時に色々思い知ったので、自分で服を作ろうと考えたことはない。そんな俊とは違い、あの容姿なら十分資質はあるだろうに。

「勿論ですよ、うちの演出家が面接で彼を一目見て勧めてました。でも、それなら入団しないと言われてしまって……」

表には出たくないのか――案内してもらった時の口数の少なさから予感はあったが、俊はがっくりと肩を落とした。本人に出る気があれば、もう既に誰かの手で有名になっていてもおかしくない。

とはいえ、俊も簡単に諦《あきら》める気はなかった。

感想やお礼のために時間をもらったのに、これ以上しつこく彼のことを聞くのは憚《はばか》られた。彼の話はそこで切り上げ、舞台の感想やお互いの近況についてしばらく喋った後、また次回も必ず観に来ます、今度は自分でチケットを買わせてくださいと約束して、一階に戻った。

そして、受付で仕事をしているお目当ての裏方君に目を留めた。

俊は初恋のように胸がバクバクしていることに気が付いて驚いた。誰かにこんなに心を奪われるなんて、いつ以来だろう。人に話しかけるのに緊張するなんてことも、久しくなかった。

楽屋で矢代と話し込んでいる間に、受付周辺にいた観客たちはほとんど帰ったようで、先ほどまでの賑やかさはもうない。

俊は意を決して彼に近付いた。

「さっきはありがとうございました」

「とんでもないです」

にっこり笑いかけた俊に対して、彼も儀礼的に口角を少し上げてくれる。

「ちょっといいですか？」

「はい」

相手は用が済んだはずの俊が立ち去らないことに、少々疑問を抱き始めているようだ。

あからさまに態度が変わったわけではないが、微妙な表情の変化から、俊は彼に警戒されているように感じた。

この様子だと、劇団絡みでなければ口もきいてくれなかったかもしれない。なかなか手強そうだと思いつつ、俊は名刺入れから店長だった時の名刺を取り出した。

「私、こういう者です。今月から社内で異動になりまして、これは二月まで所属していたブランドの名刺で、会社は同じなんですがまだ新しいブランドの名刺は作っていなくて……」

緊張から説明がもたついてしまった。今持っているのはコスモクローゼットの名刺で、個人用とブランド、二つのSNSのアカウントを取得した後で、四角形のバーコードを入れたプレスの名刺を作ってもらう。

名刺というのは、すぐに相手が受け取るはずのものだが、下げた頭の視界に相手の手が一向に現れない。

「芸能関係者？」

空気がピリッとするような、冷ややかな声だった。

俊が顔を上げると、ナイフのような鋭い瞳に射貫《いぬ》かれた。

さっきまでの、口数は少なくとも礼儀正しい彼とは、まるで別人だ。

この急な変化は一体どういうことだ。そこまで気を悪くするようなことを言っただろうか。

「アパレル会社の社員です。矢代さんには、私が働いていた新宿店によく服を買いに来ていただいてるんです。名刺のバーコードから、店舗のSNSもご覧いただけます。怪しい者じゃないと分かっていただいた上で、少しお話を聞いていただきたくて……」

俊は話しながら自分のペースを立て直していく。

「あなたの服を着てくれってことですか？」

相手の態度は全く軟化せず、どう見ても不愉快そうだ。

この身長この容姿なので、何度もスカウトされて嫌な目にでも遭ったのかもしれない。

「私はプレスです。弊社で新しくライセンス展開することになったブランドのモデルを探しています。あなたにぜひ、モデルのオーディションを受けていただきたいと思っ──」

「お断りします」

俊が言い終わるのを待たず、彼は誤解しようのない返事を寄越した。

「ファッションに興味はありませんか？」

強引だとは思われたくないが、食い下がらずにはいられなかった。俊はいつにも増してソフトに、しおらしく尋ねた。

「ないです」

俊の気遣いも空《むな》しく、相手の口調は少々投げやりになってきた。服に興味がないのに、何十万もするジャケットをさらりと着ているなんてびっくりだが、何とも思ってないからこそ気負わずに着られるのかもしれない。

「お召しになっているジャケット、珍しい物だから……そのブランド、メンズラインはないんですよ、なので、生産数もすごく限られていて——」

案の定、彼は俊の言葉に全く興味を示さず、迷惑そうに目を逸らした。

「片付けがあるので失礼していいですか」

一応質問のようだが、彼は答えなんて求めていない。瞳には、はっきりと拒絶の色が見て取れた。

俊はなんとか場を和ませようと、多分通用しないだろうと思いつつ微笑んだ。

「服が好きなので、つい気になってしまって。いきなりこんな話をされたら、びっくりしますよね。あの、モデルをお願いしたいブランドの名前も記載しておきます。まだ日本のサイトはできてないいんですけど、アメリカのサイトがあるので……」

ペンを取り出すと急いで名刺にジュール・カラドゥと書き足した。

「もし気が向いたらでいいです、サイトだけでも見てください」

そう言いつつ、俊は再び控え目に名刺を差し出して相手を見上げた。

大抵の人は話す気分でなかったとしても、俊の笑顔を見れば態度を軟化させてくれた。でも、俯《うつむ》き加減の美しい男は、何を考えているのか分からない。

「矢代さんに、私のこと聞いてみてください。ただの服オタクだって分かりますから。本当に服が好きで、一番、服を着こなしてもらえるモデルに、ブランドの顔になって欲しいだけなんです」

彼は僅かに眉を顰めつつ、渋々といった様子で名刺を手に取ってくれた。

「ありがとうございます！」

「受け取るだけです」

さっき案内してくれた時と同じように、相手はさっさと踵を返すと受付の机の向こうに去って行った。

気付けば、残っていた観客はいなくなっていた。

劇団の人たちが俊たちのやり取りを気にしていて、何か問題があるのではないかと今にも声をかけてきそうだった。

彼の名前すら知ることができないまま、俊は問題ないといったふうに微笑んで軽く頭を下げて、今日のところはこの場を去ることにした。

劇を観に行った二日後の日曜日、俊は再び劇場を訪れた。といっても、時刻はもう夜の八時前。公演最終日なので、劇は終わっている。

俊は正面入り口ではなく裏口の駐車スペースに止められているごつい黒と緑のバイクの前で、公演の片付けを終えて出てくる予定の持ち主を、今か今かと待っていた。

下手したらストーカーみたいだよなぁ。

はっきりと約束させてもらったわけではないが、矢代から彼は打ち上げに参加しないから、これくらいの時間にバイクに乗って帰るはずだと教えてもらっていた。

そろそろ彼が来てもおかしくないだろう。何度もジャケットから出したり入れたりしていたスマホの画面で時刻を確認していると、ざわざわと人の声が聞こえてきた。劇団の人たちが劇場から出てきたに違いない。

いつも誰にでも平気で話しかけるのに、金曜日同様、いや、待ち伏せしている後ろめたさも手伝って、俊の心臓はドキドキと早鐘を打っている。拳をギュッと握り締めて気持ちを落ち着かせようとした時、建物の横に背の高い影が見えた。

「あ、あのっ——」

「うわっ」

相手が思いの外大きな声を上げて、飛び上がる。それには俊の方も驚いた。

「すみませんっ、そんなにびっくりされると思っ——」

俊だと気付いた途端、待ち伏せを食らった相手は思い切り顔を顰《しか》めた。

「あんたかよっ。何してんだよ、こんな所で！」

「待ち伏せみたいな真似してすみません、でも少しでいいので話を聞いて欲しいんですっ」

「断っただろ」

彼は切れ長の目を細めて腕組みをし、その場で仁王立ちした。

俊は、「ん？」と彼の行動に疑問を持った。

微塵《みじん》も関わりたくないと思っているなら、バイクに乗って俊を振り切ればいい。でも、彼にそうするそぶりはなかった。

俊は、猛獣との距離をそっと詰めていくような気持ちで口を開いた。

「金曜に少しお話しさせてもらいましたけど、私はアパレル会社のプレスとして、来年の春、日本に初上陸するブランドを担当しています。二十代から三十代をメインターゲットに、長く着ることができるクオリティの高い服を作っているブランドで、シルエットがすごく綺麗――見てもらった方が早いですよね」

俊は自分のスマホで、ジュール・カラドゥのホームページを開いて彼に身を寄せた。男っぽくて爽やかなウッディな香りがした。

気を取り直して相手を見上げると、不貞腐《ふてくさ》れたような嫌そうな目で、一応画面を確認してくれている。

だが、その瞳は俊の視線に気付くと少し身構え、何かを考えているように揺れ動いた。

「あんたさ――」

「はい」

この際、あんたでもお前でも何だって構わない。俊は次の言葉を待って、じっと相手を見上げる。

ややあって、彼は重い口を開いた。

「あんたは、なんで前のブランド辞めたんだ？　チヤホヤされて、くだらないことも言われて、怖くなったのか？」

「え？」

彼は一切、自分には興味を持っていないだろうと思っていた俊は、そんなことを尋ねられたのが心底意外でびっくりした。

俊が目をぱちぱちさせていると、相手は気まずそうに咳払いをした。

「名刺、店のＳＮＳ見た。モデルみたいなことしてただろ」

見て欲しいとは言ったが、本当に見てくれたとは。しかも彼の言い方だと、理不尽な書き込みも読んだに違いない。

「いえいえ、辞めたんじゃありません、異動です。裏方みたいな業務も多いですけど、これからも表に出ますよ。ＳＮＳも、なんならアカウントも二つになるし、モデルが決まれば、一緒にＰＲ活動させてもらいます。私が人目についてるから、新しいブランドのプレスを任されることになったようなものですし」

急いで否定する俊に、彼は意味不明だと言わんばかりに顔を歪《ゆが》める。

「会社員が、なんでそこまで面倒くさいことしてんだよ？」

話したくないが、聞かずにはいられないという顔だ。

一体、彼は何が知りたいんだ。

「私がなんでこんなふうに、仕事してるかってことですか？」

俊は慎重に考えた結果、彼が聞きたいのはそういうことだろうと仮定した。

「ＳＮＳで少し顔が割れただけで、あることないこと言う人はいますよ。それこそ、一店員が出しゃばりやがってっていうのは、仲良かった人からも言われました。他の店長やスタッフからも……はっきり言わなくても態度を変えていく人もいますしね。ナルシストだって陰で言われたことも——あ、陰でもないか、ネット上の誰にでも見られるところに書いてましたよね。君の言う通り、ＳＮＳが怖くなって仕事を辞めたんじゃないかって言われてるのも知ってます」

彼は目を見開いた。

初めて睨《にら》みや不信感のない、真っ直ぐな瞳で俊を見詰めてくる。

「だったら、なんでなんだ？」

綺麗な顔には、繊細な硝子《ガラス》のような、触れると小さな音を立てて割れてしまいそうな張り詰めた思いが浮かんでいた。思わず安心させたくなるような、胸が痛くなるような表情だった。

彼の言葉遣いにつられてしまったというより、気分的にビジネスライクな丁寧さで話すのが難しくなってきた俊は、素の自分の言葉ではっきりと告げた。

「それでも続ける理由は、一つだよ。好きな服を売りたい。この方法で売れたから。だから、新しいブランドでモデルと並んで仕事しろって言われても売れるならやる。周りにどう思われようが、なんて言われようが、俺は好きなブランドの服を売るためならやるって決めてる」

「なんでそこまでするんだ？」

自信満々に言い切る俊に対し、男は世にも美しい顔に困惑の表情を浮かべている。

好きだから、したいことができるのはすごいことだから、そんな幸運を与えられたら、代わりに何があろうと自分からそれを手放すような真似はしない。

それ以外に、どんな理由がいるというのだろう。

俊はまたしばし考えた。

「俺の好きが本物だからかな？」

真面目に考えた結果だったが、言ってから少し照れくさくなって笑みを浮かべた。

彼は一緒に笑ってくれなかった。まぁ、ここで笑うような相手なら話はもっと早かったので、別に予想外でもなんでもない。

ただ、彼が傷付いたような悔しそうな顔をしたのは意外だった。

「そこまでしないと本物じゃないって言いたいのか？」

俊だって人間だ、くだらないことをネットに書かれればイライラするし、陰でコソコソ言われて楽しいわけがない。でもそんなことは全部どうでもいいことだし、好きなことから離れようなんて思わない。だから、相手の意に沿わないと分かっていても、敢《あ》えて俊は思っている通りに答えた。

「俺はそう思う。勿論、いろんな好きがあっていいし、どれも間違いじゃない。でも俺の好きはそういう好きなんだ」

「……」

彼は黙ってバイクのシートに両肘をついた。呆《あき》れているのか葛藤《かっとう》しているのか、顔が見えないのでよく分からないが、金曜日に話した時よりも望みはある気がした。

「君の服は……その、最高級ブランドだからピンと来ないかもしれないけど、巷《ちまた》にあふれかえってるような、ワンシーズンももたないような服じゃなくて……もっと、人生の一部になるような……そんなブランドなんだ、ジュール・カラドゥは。君を一目見て、あの綺麗なシルエットの服を君が着たら、誰もが『本物』だって認めざるを得ない、君と一緒なら、日本でブランドを有名にできると思ったんだ」

俊は遠くの方で車が通り過ぎる音を聞いた。それ以外はしいんと静まり返っていて、自分たち以外誰もいない夜の闇に吸い込まれそうな錯覚がした。

全部本心からだが、あくまで俊の気持ちでしかないし、ちょっと熱く語り過ぎたかもしれない。少し冷静になって、付け加えた。

「といっても、オーディションだし他にも候補者を集めてて、必ず受かるって決まっているわけじゃないんだけどね」

またしばらく沈黙が続いた。

いよいよ俊が何か言おうと思った瞬間、彼が意を決したように大きく息を吸う。

そして、ついに口を開いた。

「いつ書類出すんだ？　コンポジもブックも持ってない」

「えっ――それってオーディション受けてくれるってこと？」

「うん」

「書類作ろう、手伝うから！　やったっ、よろしくっ！」

俊は興奮状態で、彼の両腕をぎゅっと摑《つか》んで揺さぶった。

なんで受けてくれる気になったのだろう。質問が喉まで出かかったが、機嫌を損ねられてやっぱり嫌だと言われては困る。

「ねえ、名前聞いてもいい？　パンフレットも見たけどスタッフの写真は載ってないし、分からなかったんだ」

俊は彼の両腕を摑んだまま、顔を覗き込む。

「――織田郁人《おだいくと》」

郁人はフイッと顔を背けてしまう。トゲトゲしさがなくなったせいか、少し可愛らしく見えて頰が緩んだ。

「歳《とし》、聞いてもいい？　いきなり失礼だと思うけど……矢代さんが劇団の方たちは普段、別の仕事してるって仰ってたから、織田さんの場合はどうなのかなって」

モデルか俳優、世界で活躍するアジアのアイドルグループの一員だと言われても信じてしまう。髪型も会社員には見えない。職種にもよるので一概には言えないけれど、早い話、普段の彼を想像できない。

「……見たままだと思うけど。それより手、離せよ」

シャープな容貌に似つかわしくなく、郁人はモジモジと居心地が悪そうに身体を動かした。

「あ、ごめん」

ずっと相手の両腕を摑んだままだったことに気付いて、頰が熱くなってしまった。郁人が照れくさそうに見えたからか、彼の色気に当てられたからなのか自分でもよく分からない。

答えをはぐらかされてしまったが、書類を出してもらう時に分かるし、今はいいだろう。

「そうだ、まだ時間ある？」

ふとすぐ近くに自動販売機が並んでいたことを思い出した僕は、郁人に向かってにっこり笑いかけた。

「帰るだけだけど」

郁人は、もうどうにでもなれという遠い目で長めの前髪をかき上げた。クールに見えるが、結構感情豊かだなと感じるのは、彼のことを少しは理解してきたからだろうか。

「じゃあさ、ちょっと待ってて」

俊は、自販機で小ぶりの温かいお茶のペットボトルを二つ買い、それを胸元に抱えて郁人の元へ戻った。

「はい、これ」

「何？」

差し出されたペットボトルを除けるように仰《の》け反《ぞ》る郁人に、俊は一歩踏み込んだ。

「立ち話で冷えたと思って。それに打ち上げに行かないって聞いたから、その代わり。公演、お疲れ様、それからありがとう」

郁人がおずおずと手を伸ばしてくる。ペットボトルを渡す際に指先が触れ合うと、彼の長い指が火傷《やけど》したようにピクリと跳ねた。なんか可愛い。

「カンパイ、これからよろしく！」

俊は自分のペットボトルを、相手のそれにコンッとぶつけた。

郁人はどうしていいのか分からないという様子で棒立ちのまま、目を泳がせていた。

本当に大変なのは、これからだ。

まだまだやることは山積みだが、ここまで来れば、なんとしても郁人にはジュール・カラドゥのモデルに就いてもらいたい。

家に帰ったら早速、安請け合いしたコンポジとブックの作り方から調べなくてはと思いつつ、俊は郁人に微笑みかけた。

# 3

四月に入った某日の仕事終わり、週のど真ん中の深夜、俊《しゅん》は都内の貸しスタジオにいた。

今まさに、郁人《いくと》のブック撮影が始まろうとしている。

矢代《やだい》に郁人の件を報告した際、彼は通話の最後をこう締め括《くく》った。

『あの子のこと、気にかけてあげてくださいね』

シャープな目をしたクールな大男を摑《つか》まえて、我が子を案じる親みたいな口ぶりは過保護だろうと思っていたが、今の俊のドキドキはまさにステージママのそれだ。

今月下旬の書類審査の結果は、今日の撮影の出来にかかってくる。

動いている郁人を見れば、誰もが目を奪われるに違いない。

でも郁人は素人だ。

最悪、俊が郁人の手脚をマネキンのポーズを変えるみたいに動かすつもりだが、表情はどうしよう。ちゃんと笑えるのだろうか。愛想笑いしか見たことがない。

コンポジのバストアップと全身写真で、顔とスタイルのずば抜けた良さは伝わるだろうから、たとえぎこちなくても、落とすのはもったいないと思ってもらえるだろう。

でもブックの方はそうはいかない。色々な魅力、個性をアピールするための写真が必要だ。

俊の心配をよそに、アイドルをコンセプトにした衣装メイクを纏《まと》った郁人は、床も壁もステンレス張りで、壁に線状ライトが埋め込まれた近未来風の撮影スペースに向かって行く。

「織田《おだ》君、立ち位置は——うん、バッチリ。で、顔の向きは、うんうん、合ってる！　試し撮りからだから気楽にね。肩の力抜いて行こう」

そう言ったのは、俊が選んだいつも笑顔で褒《ほ》め上手のカメラマンだ。それこそ、素人の自分が雑誌の撮影でお世話になった時に、彼のお陰で萎縮せずに済んだ。

にしても——郁人は、なんでその向きでそこに立つと分かったのだろう。

照明の位置を見ればある程度は分かるかもしれないが、素人が顔の向きまで把握できるだろうか。

もっとも、事前に伝えていなければ、誰も彼を素人だとは思わないだろう。

郁人が着ているのは、俊が郁人の高価なワードローブから選んだウルトラマリン色のジャケット、白いシルクのリボンシャツ、黒いパンツ。リボンは結ばずに、胸元は大きく開いている。はっきりとメイクが施されていると分かる目元は妖艶《ようえん》でキラキラしていて、ぽってりとした唇は自然に色づいている。濃く描かれた眉と、元々の骨格を強調する陰影がつけられているので、雄っぽさも損なわれていない。目はカラコンでグレーに、撮影用にエクステを付けた髪は無造作にアップされている。

　世界を股に掛けるアジアのアイドルグループメンバーだと言われても、誰も疑わないだろうオーラを放っている。

「難しいとは思うけど、リラックスしてね！」

　俊が笑顔で頷《うなず》きかけると、目が合った郁人はニヤリと不敵に見える笑みを浮かべた。

「え？」

　そのチグハグな反応は、どういう意味なんだ。

「それじゃ、いくよ」

　カメラマンが声をかける。

　次の瞬間起こったのは、全く俊が予想していなかったことだ。

「まじか……」

　スッと仮面を着け替えたように郁人の顔が変わる。顔だけじゃない、身体《からだ》への力の入り方も変わった。

　ピー、カチャッとお決まりの音が響く中、俊は郁人に釘付《くぎづ》けになっていた。

　なんて美しいんだろう。

　目を逸《そ》らすことができない色気と独特の存在感――でもそれは、衣装やメイクを損なうようなものではなく、ちゃんと調和が取れているのだ。

「すごくいいよ！　口を少し開け――そうそう、うまいねぇ、もうプロの域だよ！　ポーズは変えずに、次は目だけカメラに――うん……いい」

カメラマンも撮影に乗せるためではなく、本気で感嘆している。

テーブルに置かれたパソコンのモニターを確認して、俊は更に驚いた。

少し視線を外して画面に納まっている郁人は完璧だ。ライティングでシャープさが際立った骨格と少し開いた唇の抜け感が、最高のバランスだった。まるで、長い時間をかけて慎重に描いた絵画のようだ。

「綺麗《きれい》ですね……」

ヘアメイク担当の女性が溜息《ためいき》を漏《も》らした。経費の問題もあるが、複数に囲まれて郁人がビビらないよう、一人だけにお願いしていた。

にしても、彼女はいつの間に隣に来たんだ、気付かなかった。それくらい俊は画面と郁人ばかりを見詰めていた。

カメラマンと一緒に画像を確認しに来た郁人は、食い入るように自分の画像をチェックしていた。

「そうか……と……ないか……」

真剣な顔で一人ボソボソ呟《つぶや》いている郁人を見て、俊は声をかけてはいけないような気分になった。彼の目は、自分の写真を見ながらも、それを完全に個人と切り離し、商品として見ているものだった。

　仕事としてちゃんと向き合ってくれている姿を見て、俊は彼への興味と好感度がドンッと上乗せされていくのを感じた。

　俊は郁人の邪魔にならないよう、サッと彼の衣装を直して離れた。

　撮影に戻った郁人の動きは、更に研ぎ澄まされていた。

「最高だ、俺は君を撮った最初のカメラマンとして有名になるかもなぁ。その角度だと衣装がさっきより映えるね……うん、いいよ……ああ、そう、それそれっ……」

　カメラマンに至っては、段々口数が減っていき、最終的には画面を確認すると無言でさっさと郁人の方へ戻ってカメラを構えることを繰り返していた。

　シャッター音に合わせて、郁人は迷いなく自然にポーズや表情を変えていく。

「初めての撮影で、あんなふうに動けます？」

　俊は首を傾《かし》げながらヘアメイク担当に尋ねるが、返事がない。

　それもそのはずで、隣に顔を向けると、もう彼女はいなかった。

　いつ　いなくなったんだ。誰もいないのに話しかけた恥ずかしさより、郁人に夢中で気付かなかった驚きが上まわる。

　それにしてもびっくりだ。

　一つポーズを取るのだって、簡単なことじゃない。普通に立っているように見えて、普通に立っていては絵にならないのがモデルの世界だ。角度や手脚の使い方で、身体のラインを綺麗に見せるにはテクニックがいる。

俊も自分が服を着て写真を撮る時は、服をよく見せるための工夫を凝らしてきたが、頭でイメージしている仕上がりと実際にできるポーズは体幹の問題もあり、なかなか一致しない。知識はあっても、俊は思い通りに身体を動かす基礎を持っていない。

いつの間にか、カメラマンと郁人の間に二人だけのリズムができていた。

「どうなってるんだ？」

俊は思わずポツリと呟いていた。

まさにテーマ通り、アイドルのPVを見ているような気分だ。片眉を上げたり、意味深に微《ほほ》笑《え》んでみたり、ウインクをしてみたり、挑むように睨《にら》んでみたり、コロコロ表情が変わる郁人から目が離せない。

俊は身体が熱くなるのを感じた。

郁人はもしかしたら、とんでもなくレアな原石じゃないだろうか。

本当に、すごいことになるかもしれない。

驚きの連続だった一着目の撮影は、あっという間に終わってしまった。

カメラマンはごついカメラをテーブルに置き、汗を拭《ぬぐ》いながらペットボトルを傾けた後、腕時計を確認して目を丸くした。

「まだ二十分しか経《た》ってないのか。まさかの巻きだね。ねぇ、織田君モデルやってたの？」

「俺も思ってたんだ。君、すごいよ、めちゃくちゃかっこよかったよ！　初めてじゃないよね？」

俊は郁人にペットボトルの水を差し出しながら、うっかり興奮のままに質問をぶつけてしまった。

でもすぐに後悔した。

撮影の名残で輝いていた郁人の顔が、どんどん曇ってゆく。

「褒めていただいているってことですよね、ありがとうございます」

郁人が愛想笑いを浮かべてそう答えるまでに、妙な間があった。

イエスかノーで済む答えなのに、慎重に言葉を選んだのが丸分かりだ。

カメラマンも郁人が言い淀《よど》んだことに気付いたのだろう、深追いはしなかった。

「いやぁ、俊君から人見知りかもしれないし、初めてだって聞いていたから、手取り足取りやる気でいたけど途中から喋《しゃべ》るの忘れてたよ。俺、普段は撮影中、ずっと喋ってんの。そういや、君、いくつなの？」

「あ、俺も知りたい。書類に書かないといけないし」

「ちょっと待って、俊君、オーディションなのに年齢聞いてないの？」

カメラマンが呆《あき》れた顔をした。

聞いたが答えてもらえなかったのだ。書類でどうせ分かるし、見た目さえ合っていれば実年齢は関係ないと思って今日に至る。

「――二十歳」

郁人はペットボトルのラベルを引っかきながら、ぼそりと言って寄越した。

「え？　二十歳なの⁉　え、ええ……もしかして、大学生？」

「うん」

そんなに若かったのか。少しばかり年下くらいにしか思っていなかった。まだ学生だったなんて、この憂いと色気はどこから出てくるんだ。俊が驚愕《きょうがく》して固まっている横で、カメラマンはガハハッと笑った。

「二十歳とはびっくりだ、大人っぽいねぇ、ちなみに誕生日はいつなの？」

郁人の答えは更に恐ろしかった。

「四月四日です」

それは先週、公演が終わった翌週だ。

つまり、俊が最初に会った時、彼はまだティーンエイジャーだったのだ。信じられない。

「そりゃおめでとう！」

「おめでとう、教えてくれてたらケーキでも買ってきたのに」

俊はそう言いながら、これは不利になるかもしれないと思い始めていた。

二十歳もブランドのターゲット層ではあるが、まさか、つい最近まで十代だったとは。ただでさえ若いのに、同じ二十歳でも更に若く感じてイメージが全然違ってくる。

矢代は、郁人を子ども扱いしていたわけじゃなかった。

実際それほど若かったんだ。

郁人は劇団で大人と接しているが、大学生のバイトのほとんどが、社会人経験とはまた違うことを、俊は身をもって経験してきた側だ。

まだ社会に出ていない子か。そう思うと、俊は自分にかかる郁人に対する責任の重さが、また違ったものになった気がした。

郁人は、ありがとうございますと当たり障りのないことを言って、ヘアメイク担当に促されるまま、衣装メイクチェンジのため楽屋に向かっていった。

「織田君、ちょっと待って」

俊は郁人をすかさず呼び止める。

「アクセサリー、回収しておくね」

郁人の私物のアクセサリーはブランドの主張が激しい物ばかりだったので、衣装担当の俊が自前で持って来たのだ。

俊の前まで戻って来た郁人は開脚するように両脚を開く。ネックレスを外す俊のために、身長を合わせてくれているのだ。準備の時も同じようにしてくれたが、こういうことも無意識にできるものなのだろうか。

「ありがとう。雑誌の撮影現場でも、男性モデルがこうやってるの見たことあるよ」

「ふーん」

俊は重ね付けしていたネックレスを外し、ついでにシャツを摘まんでいた洗濯ばさみも外す。洗濯ばさみで衣装を固定することにも、彼は驚いていなかった。俊は初めて知った時、へぇ、そんなものを使ってるんだと思ったが。

コンポジとブックという言葉も知っていたようだが、そこまで一般的な単語だろうか。一つだけならまだしも、こうもすべてにおいて現場慣れしているというか、プロと比べて遜色がないと、誰だって疑問に思うだろう。

「前にもモデルやったことあるの？」

ヘアメイク担当が先に楽屋に入っているのを確かめてから、俊は再びそう尋ねた。アクセサリーの回収は口実で、呼び止めたのはもう一度これを聞くためだ。

「なんで？」

郁人の瞳には、警戒の色が浮かんでいる。

「何もないとは思うよ、でも君のことを知っていたら、何かあった時にちゃんと守ることができるだろ」

「本気で言ってんの？」

郁人は、不可解だと言わんばかりだ。

「守るっていうのは変だったかな。サポート？　うん、そっちの方が分かりやすいか。俺は君と仕事ができればと思ってるし、君にとってもいい経験であって欲しいから」

だから、もう少し心を開いて欲しい。

俊は豊富な人付き合いの経験から、郁人との付き合いは短いものにはならないだろうという予感があった。あるいは、俊がそう願っているだけかもしれないが。

「俺は――」

郁人は口元に手を当てて、かなり考え込んでいる。

俊は咄嗟《とっさ》に彼の手を摑《つか》んで止めさせた。

「唇を嚙《か》むなよ、傷付いたら困る」

手を摑まれて驚いた顔をしている郁人に、俊は親しみを込めて微笑みかけた。

「いいよ、聞かないから全力で頼むよ」

「分かった」

郁人はほっとした顔になり頷く。そして指輪を一つひとつ外して俊の手に乗せると、楽屋に戻って行った。

そんなに知られたくないことがあるのだろうか。あるいは、密《ひそ》かに練習したことを打ち明けるのはカッコ悪いといった些細《ささい》な理由かもしれない。それならその方がいい。

回収したアクセサリーをしまった俊は、パソコン画面に集中していたカメラマンに写真選定について尋ねようと近付いた。

「ヒットしないねぇ」

俊に気付いたカメラマンが顔を上げる。

「え?」

「織田君を画像検索してみたんだ。ああ、流出の危険がないのは確認済みだよ。芸名で過去に活動してたら、名前で調べても出てこないけど画像ならと思ったんだが」

やっぱり、さすがプロのカメラマンだ。彼は郁人が素人ではないと確信している。

「はい、名前は既に調べましたが、何も見つかりませんでした」

でも郁人は、写真の撮られ方を知っている。

ジュールの希望は、手垢《てあか》の付いてないまっさらなイメージのモデルであればいいので、モデルとしての能力が高いこと自体は何の問題もない。

しかし疑問は拭えない。

もし彼が経験者だったとして、世に出ていれば放って置かれるはずがない――となれば画像検索でも出てこない彼が過去に活動していたとは考えにくい。

そもそも他のスカウトや劇団の誘いは断っていたのだ。なのに、自分の誘いを受けてくれた理由も分からない。

一体、彼は何者なんだろう。

謎は深まるばかりだったが、俊の脳裏に事情は聞かないと言った時に見せた、ほっとした郁人の顔が浮かぶ。

ジュールの条件を満たしている以上、郁人が何者だって構わない。

俊にできることは、郁人がオーディションに合格するよう、最大限に魅力を発揮できるよう、自分で言った通り彼を支えるだけだ。

いよいよ、オーディションの日。そして、ジュール・カラドゥ来日の日でもある。

俊はアメリカのサイトで購入した、ジュール・カラドゥのシャツを着て出社した。ベルト飾りとロゴが印象的で一目惚《ぼ》れした物だ。

始業前にコーヒーを飲もうと、俊は執務エリアの外に設けられている休憩スペースの自販機に向かった。ここのマシーンに入っている、ミル挽《ひ》きを謳《うた》ったコーヒーにはまっているのだ。

「鳥井《とりい》さん、おはようございます！」

点在している休憩用の大きな四角いソファに脚を組んで座っていたのは、コスモクローゼットのプレス、鳥井賢一《けんいち》だった。

勝気そうなベビーフェイスが、俊に気付いてにっこり微笑んでくれる。

「汐瀬《しおせ》さん、おはよ」

彼は二歳年下で、十代の頃から他社のブランドで働いていたところをスカウトされてきた筋金入りのプレスだ。コスモクローゼットのイベントで何度か会っていて、本社に来てからは仕事のことを教えてくれたり一緒にランチに行ったりしてもらっている。

「今日はジュールが来るんだっけ?」

キラキラ笑顔の鳥井は眩《まぶ》しくて、プレスとしてこうあらねばと身が引き締まる。

「はい、緊張で早く目が覚めてしまいました。鳥井さん、この時間に社内にいらっしゃるなんて珍しいですね」

コスモクローゼットは売れているブランドだけあって、彼はプレスたちの中でも特にデスクに居る時間が短い。

「スタジオ入り前に済ませたい仕事があったんだ。でもそろそろ行かないと。オーディションが無事終わるように祈ってる。何か困ったことがあったら、いつでも相談に乗るし頑張って」

「ありがとうございます。鳥井さんも撮影頑張ってください」

鳥井と話したおかげで、俊は一層やる気が出た。

ジュール・カラドゥジャパンのメンバーに加えて、普段ほとんど直接関わることのない、広報部門長、メンズ部門長もジュールを迎えるため、会議室に集まった。

ジュールは十一時、約束の時間ぴったりに会議室にやってきた。

『ハロー！』

鷲《わし》鼻に大きなヘーゼル色の瞳、同じ色をした髪の背の高い男性が、元気よく会議室に現れた。好奇心いっぱいに目を輝かせている彼こそが、ジュール・カラドゥその人だ。自身がデザインしたのであろう、麻の丈が長い軽そうなジャケットを着ている。

郁人ほどではないが、ジュールも百八十センチ台半ばほどの身長があったはずだ。本人が作って本人が着ているのだから、こんなことを思うのすらおこがましいが、よく似合っていてかっこいい。

同じ部屋にジュールがいるという信じがたい出来事に、俊は胸がいっぱいになる。まだ時々店舗で服を売っている夢を見るが、本当は今起きていることの方が夢なんじゃないかと、子どもみたいな考えが頭を過《よぎ》る。でも、ふわりとジュールたちから漂うアメリカの香りに、日本でジュール・カラドゥの服が買えるようになることと、自分がその仕事に携わっているのだということは、紛れもない現実だとヒシヒシと感じさせられ、鼓動が速くなった。

『久しぶりだな、トーマ』

『こうやって会うのはな。オンラインでは嫌というほどお互い顔を合わせてるだろ』

今日は通訳も務める藤間《とうま》が最初にジュールに歩み寄り、肩を叩《たた》き合って軽く言葉を交わし合う。ビジネスだけの関係というより、かなり親しそうだ。藤間が誰かとこんなにフランクに接していたのを見たことがなかった。

「藤間さんもあんなふうにガハハハッて笑うんっすねぇ」

横に立っていた難波《なんば》がこそっと耳打ちしてきた。

「俺もびっくりした」

藤間に関しては、できる上司というイメージが先行して、彼にもオフや仕事以外の付き合いがあるのをたまに忘れそうになる。

「ハジメマシテ、ジュールデス、ヨロシクオネガイシマス」

藤間から紹介を受けたジュールが、用意してきたのであろう日本語を嬉《うれ》しそうに披露してくれた。俊の心臓はバクバクしたままだったが、場の空気は温まった。

俊の自己紹介の番が来ると、ジュールは一際目を輝かせて両手を大きく広げた。

一瞬、抱き着かれるのかと思ったが『ワオ』と声を上げた後、彼は右手を差し出してきたので、俊はきつくジュールの手を握り返して真《ま》っ直《す》ぐに彼の瞳を見詰めた。

『君がシオセサンだね、僕の服を着てくれてありがとう。よく似合っている。トーマから君のことは色々聞いているよ』

『光栄です。そのジャケット、素敵ですね。新作ですか？』

ジュールは、両眉を軽く上げた。何か驚かすようなことを言っただろうか。

『何故《なぜ》、新作だと思ったんだい？』

『これまでのコレクションにはない物ですが、昨年から使用されてるロゴデザインがボタンに入っているからです』

『ワオ、君はそこまで細かい所を調べているのかい？』

ジュールは喜んでくれているようだが、目の奥には俊の本音を探ろうとしているような光が見て取れた。

『いいえ、好きなことは自然と頭に入ってくるんです。色々な人から言われていらっしゃると思いますが、私もあなたのブランドのファンなんです』

それを聞いたジュールは、驚きと満足の入り混じった笑顔を浮かべた。

『確かに言われ慣れてはいるが、ボタンに気付いてくれるとはなかなかだね。インタビューでもそれについては話したことがない。君が他にどんなことを知っているのか、興味が湧いてきたよ。後でゆっくり話をしよう』

『ぜひ喜んで！』

好印象を持ってもらえたことに、俊は踊り出したい気分だったが、それではクールに決めた意味がなくなってしまう。

自己紹介が終わると、そのままランチミーティングだ。ジュールは上司たちが決めていた席順のことなど露知らず、さっそく末席近くにいた俊の方にニコニコと近付いてくる。後で話そうは、本当にすぐ後でという意味だったようだ。

『今だから打ち明けると、最初にトーマから君の話を聞いた時、コスモクローゼットのイメージが強過ぎると反対したんだ』

ジュールは俊の様子を窺《うかが》うように、眉を動かしながらそう言った。

『知りませんでした』

楽しいファッション談議が始まると思っていた俊はヒヤッとしながら、ジュールに近くの席に座るよう勧め、自分も彼の隣に腰掛けた。

『もっとまっさらな人をプレスにして欲しいと考えていた』

明るくて物腰は柔らかいし、結構ジュールは分かりやすい。でも、モデルだけではなくプレスにまでそんなこだわりを持っているとは。

間違ってもコスモクローゼットの服だけは、ジュールの前で着まいと固く心に誓った。

『それを打ち明けてくださるのは、私を認めてくださったと思っていいんでしょうか?』

日本人、特に仕事絡みの目上の人相手なら、口が裂けてもこんなことは言わない。でも相手はアメリカ人で、文化が違う。堂々としていて自信がある大人だと思ってもらいたい。郁人みたいに片眉をくいっと動かせたら、もっと様になったかもしれない。

何せ、ジュールは「本物」が好きなのだ。

自信がなくて自己アピールができない人間ではだめだ。本物のプレスはコスモクローゼットの輝くプレス、鳥井のように自信があって魅力的でなくては。

『その通りだ。君に関しては僕が間違いだったと認めるよ。君が着てくれているそのシャツは、君が僕と仕事をすることになると知る前に売ってた物だ。トーマから君が僕のブランドを知っていると聞いた時は、都合よく僕の知名度がない国にファンがいるわけないと思ったが、君は本物らしい』

『ええ、ご期待に添える仕事ができるよう頑張ります、ミスター・カラドゥ』

『ジュールでいい。シュンと呼んでも構わないかい？』

『違和感がなければもちろん。トーマさんみたいに名字のシオセかシオでも構いませんよ』

俊をアルファベットで書くと、英語で「避ける」という意味になる。口に出せないような単語じゃなくてよかったが、それでも英語圏の人にとっては違和感があるだろう。

『いや、トーマは例外だ。アメリカ人は、リュウが発音できない。僕はフランス語を話すから、できるが、周りのアメリカ人にリュウやリュウヘイと言わせようとすると仕事が進まない』

『ああ、そういうことだったんですか』

俊がクスッと笑うと、ジュールは改まった顔で、俊と真っ直ぐ向き合った。

『シュン。君の名前は日本語だ、英語の単語と同じ綴《つづ》りでも関係ない。呼びにくいからといって、相手の国の名前をニックネームにする人もいるだろ？　でも僕は本物の名前で呼びたいから、そういうのも好きじゃないんだ』

そういって肩を竦《すく》めるジュールの本物志向は、筋金入りだった。

その徹底ぶりに感動しつつも、下手なことをしたら、すぐに信頼を失ってしまいかねないと、俊は彼と共に仕事ができるという喜びと同じくらい、内心ヒヤヒヤしていた。

郁人も含めて書類選考を通過した二十五名が、今日の二次審査を受ける。

会場は、ランチミーティングを行った会議室だ。候補者はまず、私服で個別面接を受け、その後、社内のスタジオへ移動、会社の用意したタンクトップとハーフパンツに着替えてもらう。その格好でカメラマンと写真撮影を行う。撮影の様子は面接会場のスクリーンを通じて、審査員たちが見ている。撮影後は、三グループに分かれて撮影時の恰好《かっこう》で面接会場に戻ってきてもらい、体型チェックと軽い質疑応答という流れだ。

半日で終わるのか疑問に思うスケジュールだが、俊が当初想像していたより、一人当たりにかけられる時間は短い。

柳《やなぎ》と、候補者の誘導を行う難波は審査には参加しないが、俊は審査員席には座らせてもらえる。発言権はないに等しいが、それでもラッキーだ。ジュールの反応や郁人の様子を直《じか》に見られるのだから。

ジュールの候補者たちへのコメントは見事だった。

『君はとても個性的だ』

『モデルの仕事への熱意は伝わってくる』

芸能事務所との関係で残した候補者たちも意外と気に入ったのだろうかと思ったら、どうやらそうではないらしい。

『トーマ、彼らは確かに一生懸命だが、どう考えても僕のブランドには向いていない。君も分かっていて、このオーディションは上を納得させるために必要だと言っていたが、僕は君たちの会社の人間ではないし、納得がいかない人物にイエスとは言わないよ』

オーディションの合間に、椅子の背に凭《もた》れて掌《てのひら》を返したジュールの言葉は、いっそ清々《すがすが》しかった。

ジュールは候補者たちに嘘《うそ》は言っていない。相手のよさにも目を向けて尊重した上で、自分のブランドとは合わないと言っているのだ。俊もこういう考え方は好きだ。藤間にも似たようなところがある。モデル探しがうまくいかなかった時、俊のことは否定せず、事実を並べて冷静に進むべき方向へ誘導してくれた。

しかし、オーディションがどんどん進んでも、ジュールはほとんど誰にも心を動かされないようだった。

『今のモデルはどうだ？　君はもっと興味を示すと思っていた』

藤間が、二十九歳、今回参加した中で最年長のモデルの面接後、ジュールに尋ねる。実はそのモデルからが、俊の集めてきた人たちだ。

『うん、これまでのモデルたちよりはイメージに近い』

ジュールは顎を擦《さす》りながら答える。俊は大きく的を外していなかったことにホッとするが、これでは喜べない。

何人が二次審査をパスするかは、ジュール次第だ。後日行う三次審査では、それぞれのモデル候補に合わせた恋人役の女優も呼び、ショートフィルム用の演技をしてもらう。

もしジュールの気に入るモデルがいない場合、どうなるのだろう。モデルの資質以前に、俊のブランド理解が足りず、的外れな候補者選びをしてしまっていたら——。

いや、それはないはずだ。藤間のアドバイスを受けていたし、郁人ならきっとジュールのお眼鏡に適《かな》う。

そしてついに、ジュールが強い興味を示すモデルはいないまま、最後の候補者、郁人の番が来た。

絶対に郁人を気に入らないわけがない。でも、自分がとんでもない思い違いをしていたら——そんな考えが一秒ごとに俊の頭を巡り、心臓はバクバクと大きな音を立て始める。

『年齢はネックになるかもしれない。俺はそれに余りある魅力を感じるが』

藤間が郁人のコンポジを見た時は、これまで見たことのない顔をしていた。もちろん、いい意味でだ。

『この子が事務所にも入っていない素人だとは——ジュールの反応が楽しみだ』

いつも上司然としている藤間が、そう言って感嘆の溜息を漏らした時、俊のモデルが見つけられないという不安に満ちた日々は終わりを告げた。

どんなに身体が軽くなったかというと、オーディションもまだ始まっていないのに、アメリカのサイトからジュールのカットソーを、自分へのご褒美《ほうび》と称してポチッとしたほどだ。

藤間だって郁人を認めたのだから、きっとうまくいく。

肝心の本人、郁人とは今朝もメッセージのやり取りをしたし、控室でも顔を合わせた。いつもとなんら変わりなく大丈夫そうだったが、やっぱりステージママのような気分で俊は部屋に入ってくる郁人を見守った。

俊の心配をよそに、郁人は落ち着き払っているように見えた。

ジャケットに近い雰囲気の黒シャツ、白いTシャツ、黒のパンツという彼の私服は至ってシンプルだが、全身でびっくりするような値段だ。センスは審査対象ではないので俊が選んだ。オーディションにハイブランドはあまりよくないとネットには書いてあったが、流行《はや》りと個性で固めなくても、郁人ならハイブランドのシンプルな服をさらりと着こなせる。本物志向のジュールの好感度は得られるはずだ。

「織田郁人です、よろしくお願いします」

微笑んで見せた郁人に、ジュールが目と口をまん丸くして身を乗り出した。藤間だけは先に控室で候補者たちに挨拶をしているので変わりないが、部門長たちも目を見開いている。

横目で彼らの反応を見守っていた俊は、ガッツポーズの代わりに汗ばんだ掌を誰にも分からない程度に握り込んだ。

郁人本人よりも緊張している気がしてきた。

『ハーイ、イクト。会えて嬉しいよ』

ジュールが英語で挨拶すると、藤間が通訳に入る。ずっとそのパターンでやってきたので、郁人が再び口を開いた時はみんなが混乱した。

『初めまして。こちらこそお会いできて光栄です、ジュール』

他にも英語で挨拶をしてみせた候補者はいたが、郁人の発音は流暢《りゅうちょう》で一度で通訳の必要がないと分かるものだった。

『英国アクセントだね』

『子どもの頃、英国に住んでいました』

書類を書くのに、特技も聞いたが英語が話せるなんて言わなかった。なんで教えてくれなかったのだ。自己申告では特技はなし、趣味は映画鑑賞に筋トレだった。

『それでイクト、君くらい美しくて身長にも恵まれていれば、これまでも色々チャンスはあっただろう？　どうして今回、オーディションを受けようと思ったんだい？』

ジュールの質問に、郁人は軽く肩を竦めた。

『これまでは、表に出ようと思わなかったんです』

『何故？』

『出たくなかったので。気が変わった理由は、ちょっと知りたいことができたからです』

ずっと真っ直ぐにジュールを見ていた郁人と一瞬、目が合ってドキッとした。

この状況で郁人が俊に向けて話すわけがないのに、何故か俊は自分のことを言われているような気になった。

『それじゃ、君はどんなモデルになりたい？　君を見る人にどんなことを伝えたい？』

『俺は俺だってことです』

みんながジュールのブランドメッセージ only genuine と絡めて答えた質問だが、郁人は淡々と違うことを言った。

むやみにニコニコしていてもおかしいと思われるが、さすがに愛想がなさすぎ、言葉が足りなさすぎだと俊はヤキモキした。

しかし、ジュールはますます興味を惹《ひ》かれたように身を乗り出す。

『どういうことだい？』

『そのままの意味です。余計なことは抜きにして、俺がその場で表現しているものだけを見て欲しい』

なるほど、郁人の答えは本質を突いているような気はする。それに、ジュールが好みそうな哲学的な話にも発展できそうだ。

『いいね、みんな口を揃《そろ》えて、僕のブランドメッセージ、only genuineを使った作文を披露してくれたが、君の言葉には嘘がない』

『嘘は好きじゃないです』

郁人は率直に答えて肩を竦める。ついさっきまで大丈夫だろうかとヤキモキしていた俊だが、他の候補者たちの誰よりも、ジュールと対等に話しているのは、素直にかっこいいと思った。

『好きじゃなくても、生きていく上で嘘は必要になると思うが……試してみようか』

ジュールは急に立ち上がると、自分の着ていたジャケットを脱いで郁人の元に歩み寄った。

何をする気なのか分からないジュールと郁人から、俊は目が離せない。

『僕の服を着てみてくれ、感想が聞きたい。君の方が背は高いし横幅は余るだろうが。さぁ、イクトは嘘をつくのかつかないのか、もしくは、つく必要がないか、どうなるかな?』

郁人は素直に自分のジャケットを脱いで、当たり前のようにジュールがそれを受け取る。俊は手伝った方がいいかと思ったが、二人のやり取りが自然過ぎて割って入るのは気が引けた。

郁人がジュールのジャケットに腕を通すと、真顔のまま肩を動かして着心地を整える。ジュールは、その様子を子どもみたいな目でワクワクと見守っている。

郁人は少し目を見開いた後、サムズアップして見せた。

『どうやら、嘘をつくか否か葛藤《かっとう》する機会を逃したようです。俺は好きです。なんかしっくり

くる』

郁人は俊が見たことのない、零《こぼ》れるような笑みを浮かべた。

それを見たジュールは大喜びだ。

『そうだろう？　君のサイズに合った服を作ろう。着てもらうのが楽しみだ』

『それって使った後、買えます？　自分で買おうと思っても、サイズの合う服探すの大変なんです』

彼の私服である外国のハイブランド品の数々が、どういった経緯で集まったのかは分からないが、百九十二センチという長身で手脚も長い上に細身なのだ。その辺にサイズの合う服が売っていないという事情にどうして思い至らなかったのだろう。元販売員として、俊は情けなさ過ぎて頭を抱えたくなるくらいだ。

そんなの、自分に話してくれていたら、彼に合いそうなブランドやサイズの置いてある店を教えるし、おすすめのコーディネートもできるのに。

会話に割って入りたいのを堪《こら》え、俊は思わず藤間と目を合わせた。ジュールと郁人の話は二人の雑談レベルになっているので、藤間の通訳も止まっている。

ジュールは、郁人に服を作ると言った――つまり二次審査合格を言い渡したも同然だ。

嬉しいを通り越して、オーディション中だということを忘れたかのように話している郁人とジュールを見て、俊はぽかんとしていた。

どうやら、二人はものすごく意気投合したらしい。まだ服のサイズについて話をしていた。

すべての審査が終わったのは夕方だ。候補者たちの写真をホワイトボードに貼り付け、審査に加わっていた面々はそれを囲むように立っていた。

『イクトがいい、他は考えられない。三次審査はいらない』

ジュールは待ってましたとばかりに告げた。

それには全員がざわついた。

二次は確実に通過すると思っていた俊も、この展開にはびっくりだ。

郁人のサイズに合う服を作ると言ったのは、三次審査の話じゃなくてブランドモデルとしてという意味だったのだ。ドラマチックな展開に鳥肌が立った。

『イクトがまだデビューしていないなんて奇跡だ。今日の写真も見てくれ、他のモデルとは存在感が全然違う。身長とスタイルだけ取ってもずば抜けている。それにこのサンパクアイズの魅力は、一度見たら忘れられない、素晴らしい！　ぜひニューヨークコレクションにも連れて行きたい』

『ニューヨークコレクション⁉』

俊は思わず声を上げてしまった。

『ああ、すまない、アメリカン・コレクションズ・カレンダーに名称が変わったんだったな。その時はもちろん君も招待するよ』

『本当ですか⁉』

興奮して前のめりになってしまった俊は、恥ずかしくなり慌てて落ち着きを取り戻そうと背筋を伸ばす。

『申し訳ありません、つい』

でもニューヨークコレクションだ、無理もないだろう。

ジュールの言う通り、郁人は二十五名の写真が並んだ中でもすぐに目を引くし、ランウェイにだって十分に通用するようなプロポーションだ。

それに、はっきり言ってお洒落とは言えないタンクトップとハーフパンツ姿でも、郁人の写真だけはスタイリッシュに見えた。

ジュールがここまで言ってくれているのだし、これが俊の欲目だとはとても思えない。

本当に、自分が選んだ候補者がブランドの顔となろうとしているのだ。しかし、演技の審査をしなくても大丈夫なのだろうか。

「お二人のご意見は？」

藤間が、ジュールに圧倒されていた広報部門長、メンズ部門長に話を振った。藤間の通訳の大変さを考え、俊はできるだけ口を閉じている。藤間と交代で通訳ができればよいのだが、英語ができれば通訳できるというものじゃない。コミュニケーションは取れるし、日常会話で相手の意図を伝えることくらいならできるが、ビジネス上のやり取りとなれば話は別だ。

「織田君ねぇ、お坊ちゃま大学で身長百九十二か。英語も喋れて頭もいいんだな。しかし若い……ハイティーンや二十代向けのブランドとの差別化ができるかどうかが懸念点だ」

メンズ部門長は、メンズブランドの全てを俯瞰《ふかん》で見る立場なので、やはり年齢をついてくる。広報部門長も同じくだ。

「政治家や官僚の出身校というイメージですが、目立ちはしますね。ただ、ついこの間まで十九だったのが……三十近くのモデルの方がブランドの対象者が分かりやすいと思います。織田君には、別の二十代向けブランドのモデルをお願いするのもありじゃないですか？」

それを聞いた俊は、思わず「は？」と言ってしまいそうになった。

大事な原石を、他のブランドに横取りされるなんて冗談じゃない。反論したいが、それができる立場にない俊は、とりあえず黙って様子を見守るしかないのが悔しい。

藤間の通訳を聞いたジュールの眉間に皺《しわ》が寄っていく。

『何故、歳《とし》の話になる？　誰が気にするんだ？　名前の後ろに括弧《かっこ》付きで書いておくとでも言うのかい？』

ジュールは冗談のつもりだろうが、日本でそれは冗談にならない。

「しかし三次審査はすると決めていたのだし、せめて、この二十九歳の人と、こっちの二十六歳の人は残して……」

なおも広報部門長とメンズ部門長は渋ってみせるが、ジュールが、それは仕方ないなどと言うわけがないのは俊でも分かる。

『いらないものはいらないだろう。無駄なことに時間を割く気はない。僕の気は変わらないし、最終決定権は僕にあるはずだ』

藤間がそのまま日本語にして伝えると、部門長たちは絶句した。この発言だけオブラートに包まなかったのはわざとだろう。

太刀打ちできないと悟ったのか、彼らはそれ以上反対しなかった。

そうして、どれだけ時間がかかるのだろうと思っていた選考はあっという間に終わった。

郁人と一緒に仕事ができる。

本当にここまで来たのだ。郁人の素晴らしさを疑ったことはなかったが、いくつものステップを越えて、ついにここまで来た。それがどんなにすごいことかを考えると眩暈《めまい》がしそうだった。

俊は早く郁人にそのことを告げたくて、うずうずしていた。

何もかもが順調過ぎて、怖いくらい完璧だった。

合格祝いに食事を奢《おご》るという俊の誘いに、郁人は意外なほどあっさり応じてくれた。

オーディションから約一週間、まだ梅雨入り前でいい天気が続いている金曜日の就業後、外《がい》苑前《えんまえ》駅を降りて約三分のビルの一階、創作料理屋の前で待ち合わせした。

「織田君、お待たせ」

「そんなに待ってない」

今日の郁人は、初めてみるカジュアルな恰好をしている。ジーンズにバッグが有名な某ハイブランドのナイロン素材の黒いジャケット、インナーはTシャツ、小ぶりのメッセンジャーバッグだけは、俊でも買える値段のスポーツブランドだ。

中に入ると、オレンジがかった照明が深いブラウンの木材で統一された内装を艶《つや》やかに照らしていた。そこまでは俊が以前来た時と同じだったが、案内されたのは半個室の半円形のソファ席で、記憶とは違い随分ロマンチックだ。

「前はテーブル席だった所も、全部半個室に改装したんです」

オーダーを取りに来た、大学生バイトっぽい子が教えてくれた。彼はチラチラ郁人を見ている。おそらく二人の年齢差はほとんどないはずだが、郁人の方が随分大人びて見える。

料理の注文がある程度揃ったところで、ワインのグラスを傾けて乾杯をした。

「改めて、合格おめでとう！　電話でも話したけど、ジュールは君以外目に入らないって感じだったし、三次審査もいらないなんてすごいよ」

「うん、どうも」

郁人は嫌そうではないものの、なんとも言えない顔をしている。

「これからもよろしくね。写真も断トツでよかったけど、受け答えも堂々としててかっこよかった。ジュールと対等に話せてたモデルなんて君だけだったよ。本当にこれから楽しみだね！」

「あんた、めちゃくちゃ嬉しそうだな？」

そういう郁人は、あからさまに嬉しそうにするのはカッコ悪いと思っているのか、俊の喜びっぷりに引いているのか、他人事《ひとごと》みたいだ。

「そりゃ嬉しいに決まってるだろ？　君に惚れ込んだのは俺なんだから」

俊はにっこり笑い、グラスに口を付けた。

微妙な顔をした郁人もワインを飲むが、途端に顔を顰《しか》めた。

「もしかしてお酒飲むの初めて？」

事前に飲める所がいいかどうか確認していたが、例のごとく「うん」としか言わなかった。

「初めてじゃない」

「無理して飲むなよ？　先に食べた方がいいぞ。このウニのコロッケと、赤ワインソースのハンバーグ、あと生春巻きもすごく美味《おい》しいよ」

郁人は、素直にハンバーグに箸《はし》をつけると大きく口を開けて、リスみたいに頬を膨《ふく》らませて咀嚼《そしゃく》した。クールな顔に似合わず、ものすごく可愛《かわい》くて笑ってしまった。

「あ？」

郁人は急に笑い出した俊を見て、キョトンとしている。

「君って根は素直なんだろうなって。で、ジュールと話してみてどうだった？　しれっと盛り上がっててびっくりしたよ。なんで英語話せること教えてくれなかったんだ？」

郁人は、じっと俊を見ながら料理を咀嚼し終えると口を開いた。

「どうって……あんたも英語できるんだろ？」

「君ほどじゃないけどね、英語学科だったんだ。あれ、俺オーディション中、喋ってたっけ？」

俊は首を傾げた。何せ、自分に発言権はなかったから、下手に喋って藤間の通訳の手間を増やさないように、大人しくしていたはずだ。

「若いおっさんが通訳してたけど、あんたは日本語を聞く前に話を理解してた」

それを聞いた俊は思わず笑ってしまい、同時に驚いた。

「自分がオーディション受けてる最中に、よくそんなこと気付いたね！　それに若いおっさんって、藤間さんのこと⁉　あんなかっこいい人におっさんって……」

普通に面白い子だなと思って、俊はクスクス笑い続けた。普通っていう言い方はおかしいかもしれないが、浮世離れしている彼の内面がチラリと見えると、俊は俄然《がぜん》嬉しくなって興味を惹かれる。

「なんで上司のこと名前で呼んでるんだ？」

お祝いムードの俊とは温度差を保ったまま、郁人が尋ねてくる。

「名字が藤間さんなんだよ。名前は隆平《りゅうへい》だから、ジュールはっていうか、ジュールの周りの人が発音しづらいんだって」

「それはそうだな」

郁人はこの日、会ってから一番納得がいったという顔で愁眉《しゅうび》を開いた。

「美味しい？」

「うん。ここ、よく来るのか？」

「何回か来たよ。こんなふうに改装されてるって知らなかったけど。今度、恋人でも連れてきなよ。絶対気に入ってもらえると思う」

色気の塊みたいな二十歳になったばかりの男を、こんなロマンチックに改装された店のディナーに招待してしまったことが引っ掛かっていて、つい下心はないのだというアピールでそんなことを言ってしまった。

「いないし。なんでいると思うんだ？」

何故か急に郁人が前のめりになる。なんでムキになるのだろう。もしかして、モデルをやるなら恋愛するなとかそういう話をされると思っているんだろうか。

「ごめん、深い意味はなかったんだ。俺は芸能事務所の人間でもないし恋愛禁止とかそんなことは言わないよ。よっぽどまずいこと——」

「あんたは?」

郁人が言葉を遮って尋ねてくる。じっと俊を見て箸も止まっている。

「付き合ってる人いる?」

彼に何か聞かれると、すごく意味があることのように思ってしまう。それは、彼が単なる会話の間を埋めるために質問をするタイプには見えないからだろうか。

「いないよ」

別に隠すことでもない。成り行きとはいえ、自分が始めた話題だ。こういう話をした方が、早く親近感を持ってくれるかもしれない。

「なんで?」

郁人はワインに口を付け、ゴクッと喉仏を上下させた。オレンジの温かな照明が彼の黒髪を輝かせていた。会話はお世辞にもうまいとはいえないのに、彼はその外見のせいで何もかもを心得ているように見える。

「店長になってからずっと忙しかったんだ」

俊は生春巻きに箸を伸ばした。

「あちこちで露出してたら、知らない奴《やつ》らがいっぱい近付いてくるだろ?」

郁人が言っているのは、SNSのことだろう。前にも同じようなことで、何か奥歯に物が挟まったようなやり取りをした記憶がある。

俊への心無い書き込みを見て、自分も同じような目に遭うのではないかと不安を感じているのだろうか。

箸を置いた俊は、郁人の方に身を乗り出した。置いた手の数センチ先で、また郁人の手が箸を持ったまま止まっている。

俊は郁人の視線を捉《とら》えると、改まって口を開く。

「露出が増えたら、当然良くも悪くも色々な人が周りに集まってくるよ。コンポジ撮影の時に言っただろ? 守るっていうのは、そういう意味もあるんだ。無駄に君より長く生きてるわけじゃないからさ、それなりにうまくやるよ。自分のことだけじゃなくて、これからは君のこともね。君が、ジュール・カラドゥが、最高のスタートを切るためなら、俺は何でもするから」

体温を感じられそうな近さに置かれた郁人の手が、ピクッと跳ねる。

「なんでも?」

あまりに真剣な顔で聞き返してくるので、俊の方が不安になる。どの程度かは知らないが、会社は身元調査をしている。母方の実家が実業家でお金持ちだということと、父親は不明であること以外、特出事項はなかった。

どんなことか想像もできないが、この子は何か人に言えないようなことを抱えているのだろうか。

俊は郁人を安心させたくて、彼の手をポンポンと叩いていた。

「何かあったら、いつでも相談してくれよ？」

「お、俺はガキじゃない」

郁人は一瞬目を見開いた後、そう言って叩かれた手を気まずそうに引っ込めた。そして、ワインを飲む。

「ごめん、子ども扱いしたつもりはなかったんだ」

俊も慌てて手を引っ込めた。

なんだって手を触ってしまったんだろう。セクハラだと思われなかっただけマシだが、酔うほど飲んでいないし、酔ったって普段ちょっと楽しくなるくらいでそんなことはしない。

でも何故か、自然とそうしてしまったのだ。

「今日も大学だったの？　生春巻き、最後の一個食べる？」

妙な空気を払拭《ふっしょく》するため、仕事とは関係ない話を振ってみることにした。

郁人もほっとしたような顔で、生春巻きの入ったシンプルな白い皿を俊の方へ押してきた。

「俺、四つ食ったから。今日は講義がないから映画観《み》に行ってた」

映画が趣味なのはコンポジを書く時にも教えてくれたから、詳しく聞いてもいいだろう。

「何観たの？」

返ってきたのは、三本のタイトルだった。それもシネコンでやっているようなものじゃなく、単館で短期間だけ上映しているようなものだ。

朝から俊に会うまで、一人で映画館をはしごしていたらしい。ふんわりした趣味じゃなく、がっつりと気合の入ったオタクの域だ。

郁人は映画については饒舌《じょうぜつ》で、俊が興味を示すと、あらすじだけじゃなく、良かった点悪かった点、過去の作品との比較について延々喋ってくれた。

その間に、ワインが空になり水も空になり、二杯目のドリンクを頼んだ。俊はワインを、郁人にもメニューを説明してノンアルコールドリンクを選ばせようとしたが、ちゃんと分かっているのかいないのか、彼はカクテルを頼んだ。

「……俺は、三年前に一作目が出た時に……リメイク前の……なんだっけ、思い出せない」

「なぁ、結構酔ってない？」

郁人は三分の一に減ったカクテルに手を伸ばそうとするので、俊は尻を滑らせて彼に近付き、グラスを遠ざけた。顔色は変わってないのに、すぐにでも寝そうな目つきになっている。

それでも郁人は首を振ってグラスを取ろうとすると、手が重なった。

郁人は俊の手に手を乗せたまま、じっと二人の手を見詰めていた。俊は動きづらくなってしまい、また妙な空気が流れた。

「……友達に振られてから、久しぶりに映画のこと話した」

「そんなことないだろ、大学の友達や劇団の人は？」

郁人は不貞腐《ふてくさ》れたような顔で、ゆっくりと首を左右に振る。

「そっか」

俊はようやく郁人の手の下から、自分の手を引き出すと、テーブルに額をぶつけそうになっている彼を起こして背凭《せもた》れに落ち着かせた。

「大丈夫か？　気分は悪くない？」

「……高校の友達だった。今はもう……かなり前の話」

大失敗だ。完全に酔っている。

ワインとカクテル、ちゃんぽんさせたのがまずかったのか。

言い訳になるが、そんなに量は飲んでいなかったし、こんなに顔色が変わらず急にうつらうつらし出すタイプは今まで初めてだ。

俊はポンポンと郁人の肩を優しく叩いた。

「君を振るなんてどんな子か見てみたいよ。気持ち悪いとか頭痛いとか、どこか具合の悪いところはないか？」

水を飲まそうとボトルを取ろうとしたが、パタッと郁人が俊の肩に凭れかかってきた。

「眠い」

「水飲んで」

郁人は俊の肩から離れようとしない。俊は手を貸してやり、水をゆっくり飲ませた。

何度もいろんな酔っ払いの面倒を見てきたが、なかなかまずい部類だ。どうまずいかというと、下手に優しくすると過度に親密な関係になってしまいかねない。

そういえば、さっき高校の友達に振られたと言っていたが、彼の高校は大学附属の男子校だった。女子高と交流があったのか、言葉の通り相手は男の子だったのか――だとしたらまずさに現実味が帯びてくる。

「家まで送るよ」

「いい」

俊の肩に身を落ち着けようとするので、俊はその身体を押し返しソファの背凭れに預けた。

「じゃ、実家は?」

一人暮らしなのも、実家として都内の住所が書類に記載されていたのも覚えている。

「実家……そんなのねぇし……ばあちゃんちはあり得ない」

なかなかの立地に一軒家を所有しているようだが、それは祖父母の家で、彼の祖父はすでに亡くなっている。母親は海外にいるようだ。家庭に複雑な事情があるのかもしれない。年齢にそぐわない憂いと色気は、その辺りも関係あるのだろうか。

ジュールが魅せられている郁人の『サンパクアイズ』が印象的な写真を思い出した。俊もセクシーだと思ったたし、記憶に残る目だ。愁いを帯びていて、熱を感じる瞳。

改めてじっくり話しても感じていたことだが、酔ってこんなに甘えてくるということは、不安で寂しい子なのかもしれない。

だからこそ、その瞳が訴えかけてくるものに心が動かされる。だからつい、手を伸ばしてしまう。

俊のような平凡な人間には分からないが、何かを持っている人間が何かを背負っているのはよく聞く話ではある。

「んん……」

艶っぽく呻《うめ》いた郁人は、また俊の肩に擦《す》り寄ってくる。

さて、どうしたものだろう。

これが同僚ならタクシーに放り込んで、彼女や家族に連絡する。遠方の奴ならカラオケボックスにでも連れて行って、転がしておく。

「なぁ、住所教えて」

俊を押し潰《つぶ》しそうな勢いで凭れてくる郁人を、肘で突くが首を振るだけで答えない。大学生の一人暮らしがいい所に住んでるなと思ったので、麻布十番《あざぶじゅうばん》までは分かっているが、細かい住所なんて覚えていない。

「いいよ、じゃ調べる」

のしかかってくる郁人をソファに横向きにして寝かせると、自分の席に戻って鞄《かばん》から会社のスマホを取り出した。データを調べれば分かることだ。

ところが、パスワードを入力していると後ろから伸びてきた手にスマホを取り上げられた。

「あ、こらっ。タクシー呼ぶから住所――重っ」

背中に郁人の頭がゴツンッとぶつかり、会社支給のスマホが床にゴトッと落ちる音がした。

「落ちた……ごめん」

やけに素直にぽつりと呟いたと思うと郁人は俊の腰にぎゅっと腕をまわし、ぐりぐりと額を背中に押し付けてきた。とんだ甘えん坊ができ上がってしまった。

何度目になるか分からないが、俊は郁人の身体をソファの背に凭せかけて額にかかった前髪を払ってやった。

「うち来る?」

一人にしない方がよさそうだ。大事な原石に何かあっては困る。

そう思ったのは事実だが、もしかしたら建前も入っていたかもしれない。実際に酔っている相手の孤独につけこんで何かする気もさせる気もないが、恋愛対象ではないはずの男相手に、きゅんとしてしまったからだ。

酔った大男を連れ帰るのは、タクシーだろうがなんであろうが大変だった。

家にお金は掛けていないので、バストイレ、キッチンは別の六畳一間。その唯一の部屋には、業務用レールハンガーを置いている。服が多いので、一応はありますけどと言わんばかりのしょぼいクローゼットにはとても収まらず、部屋自体がウォークインクローゼット状態だ。

当然、客を寝かせる場所なんてなく、ベッドの上になんとか郁人を乗せようとしたものの、脚がもつれて彼の下敷きになってしまった。

「ちょっ……ちょっとずれて」

二人分の重みでマットレスに沈み込んだ俊は、天井を見上げたまま上に乗っている郁人の肩を押し返す。でも、びくともしない。細身に見えるが、しっかり筋肉が詰まっていそうだ。とにかくでかいし重い。

今日の話を聞く限り、飲み会に顔を出すタイプではなさそうだし、まだ二十歳と三か月未満のお子様の扱いを間違えたのは自分だ。

こうしていると、いやが上にも相手の体温、息遣い、そして紛れもない男物の、でも爽《さわ》やかな香水の匂いまでありありと感じてしまう。

不思議だけど、全然嫌じゃなかった。久々に感じた人の体温とアルコールのせいか、この状況がそれほど嫌じゃないという感情への戸惑いや、他の諸々《もろもろ》について対処するほど頭が働かないまま、眠りに誘われていった。

「嘘だろ……」

次に俊が気付いた時には、カーテン越しの窓の外が既に明るかった。身体の上に乗っかっていた郁人は、後ろから俊をまるで縫いぐるみのように抱き締めていた。

「寝てる?」

尋ねたが返事がない。勿論、そうだろう。目覚めていれば、俊の腰に腕をまわしたまま貼り付いているはずがない。

俊は彼を起こさないように両腕を剥《は》がそうと試みるが、彼は人の気遣いも知らず、腕に力を籠めて俊をぎゅっと引き寄せる。尻の辺りに、硬いものが当たる。あり得ないような大きさだが、アレ以外考えられない。朝だし同性だから仕方ないのは分かっていても、顔が熱くなり、俊はすっかりテンパった。

「こら、離せって」

今後、絶対酔わせないようにしないといけない。万が一彼が酔った場合は抱き枕が必要だ。仕方ない。必要に迫られて、俊は彼の手をパシンッと叩いてやった。

「ん……」

郁人が眠そうな呻き声を漏らし、腕の力が緩む。俊はその隙《すき》に腕から抜け出した。

スマホを確認すると、もう昼の十一時になろうとしていた。

バスルームへ駆け込み熱くなった顔を洗って、一通り用事を済ませて出てくると、郁人はベッドそばのカーテンを開けて陽《ひ》を浴びながら、ぼーっと胡坐《あぐら》をかいていた。

「あ、起きた？　もう昼前だよ。大丈夫？」

「うん……ここ――クローゼット？」

郁人は眠そうな顔で、ライオンみたいに大きな欠伸《あくび》をした後、部屋の中を一瞥《いちべつ》する。

「失礼だな、俺の家に決まってるだろ」

俊は思わず郁人の二の腕を叩いていた。一晩中抱き枕になってやったのだから、それくらいいいだろう。それに、そういうのは自分で言うのはいいが、人に言われると否定したくなる。

「なんで？　え？」

やっと頭がしゃっきりしてきたのか、目をぱちくりさせて戸惑っている。今は俊が立っているので、珍しく郁人に見上げられる。俊はそれが妙に落ち着かなくて、ベッドに腰を下ろした。

触れることに慣れてしまったのか、また彼の手をぽんぽんとしたい衝動に駆られたが、止《や》めておくことにする。

「君が酔って住所も調べさせてくれないから、連れて帰ってきた。ごめんな、俺も君が飲み過ぎないように、もっと気を付けるべきだった。けど、君、外で飲まないほうがいいかも」

「俺、何かしたか?」

恐る恐る聞いてくる郁人に、本当のことを言うべきかほんの少し迷った。

「あー、俺を下敷きにして目を覚まさなかったこと以外は大丈夫」

今後、同じような事態に陥らないように怖がらせておこうと軽い調子で話したのだが、郁人の顔色が変わる。抱き枕のことは黙っておいてよかった。

「よく眠れた?」

「ああ、すごく……まじか、俺、人んちで?」

本人は意外そうに目を細めたり見開いたりしているが、爆睡していたのは間違いない。

「眠れたならよかったじゃん、でも気を付けなよ、本当。相手が俺じゃなかったら、どうなってたか」

俊はクスッと笑って、結局、郁人の腕をポンポンと叩いていた。

郁人はちょっと顔を逸《そ》らして、髪をかき上げる。寝起きで更に後ろ髪には寝癖がついているのに、ものすごくセクシーだ。

「――腹減った」

郁人の話し方が、柔らかいというかほんの少し甘えが含まれているように聞こえた。自然体の二十歳の子に見えた。

「分かった。なんか作るからシャワー浴びておいでよ。着る物とかサイズいけそうなのは用意するから」

オーバーサイズで着るために買った服なら、デザイン次第でなんとかなりそうだ。伊達《だて》に販売員をやっていたわけじゃない。

郁人はコクリと頷いて、その後また二、三度、コクコク頷いて顔を上げた。

「ん、ありがとう」

郁人が笑った。

撮影でもオーディションでも何でもないこの時に、チラリと白い歯を見せて照れたような笑顔を浮かべた。

なんだかちょっと何か吹っ切れたのかなと思わせるような、そんな雰囲気だった。

まったく、彼には驚かされてばかりだ。

一晩でどんな心境の変化があったのかは謎だが、でも、彼にこんな顔をさせた以上、それを損なうようなことは絶対にしたくない。

俊はそう心に誓って笑みを返したのだった。

今日は朝から土砂降りで、午後には上がるという天気予報は大外れだった。

採寸のためオフィスに来る郁人から、急遽《きゅうきょ》、車で行ってもいいかと尋ねられた。バイクと車、両方の免許と乗り物を持っていることへの驚きや好奇心は置いておいて、確かに梅雨とバイクの相性は最悪だ。

俊は車を停められるよう手はずを整え、執務エリアのある十四階から地下駐車場まで彼を迎えに行っていた。色々聞くと嫌がられるだろうが、どんな車か見てみたい。

「来てくれてありがとう、これが君の車？」

黒の高そうなＳＵＶの前に立っている郁人は、俊を見つけると笑顔になった。

「うん」

「へぇ、かっこいい」

郁人の背後を覗き込むようにして、車を見るとやっぱり彼が身構えるのが分かった。

「これ、この間買った服」

話題を変えるつもりだったのかどうかは分からないが、郁人は自分の着ているベージュのシャツとＴシャツを示した。

「気付いてるよ、かっこいいかっこいい」

先日、彼の着れるサイズが置いてある店に一緒に服を買いに行った。

俊が撮影やオーディションでハイブランドのロゴや特徴的なデザインの服はだめだと言っていたからか、仕事に着て行く服が欲しいと言われたからだ。

ジュールの服ができるまでの繋ぎかもしれないが、それならばと相談に乗った。販売員だった身としては、こんな逸材に着せる服を選ぶ機会を逃すわけにはいかなかった。

「適当過ぎんだろ、それ褒めてんの？」

郁人が俊の腕を小突いてくる。

「当たり前だろ、俺が選んだんだし。濃い色の服が多かったけど、そういう色も似合うよ」

ハイブランドの服を着ていても郁人は、ちっとも得意げではないし、どちらかと言わなくてもその辺りの事情を聞かれるのは嫌みたいだ。高級車も然《しか》り。

歩き始めて、ややあって郁人が口を開いた。

「なぁ、今日遅くなりそう？」

「展示会の打ち合わせがあるから、そうだね」

なんとなく、食事に誘われそうな雰囲気を感じた俊は、気付かないふりをして微笑んだ。打ち解けてきてくれているのは嬉しいが、あまり頻繁《ひんぱん》に仕事以外の時間を二人で一緒に過ごすのはどうだろう。

「残業ってこと？」

郁人は僅《わず》かに不満そうな顔をした。

「そうなるね、帰れる時は早く帰るけど」

コンクリートの壁を曲がると、コスモクローゼットのプレス、鳥井が彼のアシスタントを相手に、車のボンネットに手をついて何やら盛り上がっていた。

「そりゃそうだろ。藤間さんもやり手だと思ってたけど、ＳＮＳでたまたま人気出た奴に縋《すが》るなんて、結構くだらねぇことするよな」

鳥井の言葉に耳を疑った。

俊は立ち止まって、こんな場面に遭遇してしまうとは最悪だ。

よりによって、郁人の腕を摑んだ。

まさか、鳥井までもが自分の悪口を言うなんて。

本人がいるなんて夢にも思っていない彼らは、コロコロ笑いながら話し続ける。

「ちょっとちやほやされて調子に乗ってるだけの奴に、何ができるって話ですよね。鳥井さんと違って、所詮ショップ店員ですし」

「異例の大抜擢《だいばってき》って言われて持ち上げられてっけど、どうせそのうちなんかやらかすだろ。まぁ、汐瀬がコスモクローゼットから消えてくれたのはよかったな」

聞き間違えかもしれないと、ほんの少しだけ思って、その場に留《とど》まってしまったのは誤りだった。すぐにでも彼らを避けていればよかったと後悔したが、もう遅い。

横にいた郁人が、ものすごい勢いで鳥井の方へ向かって行く。

「ちょっ――」

摑まえようと伸ばした手が宙を泳いでいるうちに、郁人はもう鳥井に詰め寄っていた。

「おい、お前、今なんっつった⁉」

「はっ⁉　お前、誰……」

そこでようやく俊の存在に気付いた鳥井とアシスタントは、真っ青になった。

「なんつったって聞いてんだよっ！」

鳥井に陰でコソコソ言われていた事実にまだ気持ちの整理が追いつかないが、頭に血が上った郁人を何とかするのが先だ。

「郁人っ！」

ジュールがイクトイクトと連呼していたし、英語では俊もそう呼んでいたため、咄嗟に呼び捨てにしてしまった。

でも今それはどうだっていい。郁人にケチがつくようなこと、ジュール・カラドゥに傷がつくことがあってはいけない。

「いきなり申し訳ありませんでした。あの、気になさらないでください。失礼します」

俊はサッと睨み合う二人の間に割って入り、顔を引き攣《つ》らせた鳥井とアシスタントに微笑んでみせた。

正直、彼らの顔を見て、笑みを浮かべて謝ることに虫唾《むしず》が走りそうだったが、そんな私的な抵抗感は強引に押し込めた。

俊は郁人の腕を引っ張って、その場から離れる。

鳥井たちの存在を感じなくなるまで来た道を戻り、空いている駐車スペースの壁際で立ち止まると郁人を解放した。

「引っ張ってごめんな、痛くない？　びっくりしたよな」

なんでもないことだというように、俊はできるだけ軽い調子で郁人に笑いかけた。

郁人は、震え出しそうな怒りの籠《こも》った目で、俊を見詰めてくる。

自分が何故そんな目を向けられるのか分からず、俊は息を飲んだ。

「なんで怒んないんだよ？」

「君がそんなに怒ることないだろ……」

俊よりも、彼の方がショックを受けているように見える。美しい顔を歪《ゆが》めて泣き出しそうにすら見える郁人に、俊はたじろいだ。

「は？　アイツが悪いのになんでヘラヘラ媚《こ》びてんだよ⁉」

その言われ方にはムッとした。

「別にヘラヘラしてるわけじゃない。陰口なんて初めてじゃないし、君も知ってるだろ？　俺、SNSでも――」

「言われっぱなしで放っておくのか？　アイツ、知り合いなんだろ？」

いつまでも引き摺《ず》りたい話題じゃない。子どもの喧嘩《けんか》じゃないのだ。

俊だって鋼でできているわけじゃないし、他でもないコスモクローゼットの鳥井にあんなことを言われてダメージは受けている。好きなブランドのプレスだからと目が眩《くら》んで、彼の本性を見抜けなかった自分にも腹が立っている。

「大事《おおごと》にしないでくれよ」

「何だよ、その態度。俺、あんたの味方してんのに、なんでアイツらを庇《かば》うんだよ？　ありえねぇよ。あんた、傷付かないのか？」

郁人は俊の腕を掴み、なおも食い下がる。あんな酷《ひど》い奴もいるんだな、気にすることないと言って済ませてくれれば、俊も苦笑してこの話は終わりにできたのに。

こんなことに時間を割きたくない。いい加減、俊も焦《じ》れてきた。

「仕事なんだから、揉《も》めてどうするんだ？」

つい声に、そんなことも分からないのかと苛立《いらだ》ちが滲《にじ》んでしまう。

郁人は舌打ちし、白線の引かれた地面を蹴《け》りつける。

「それが大人の対応って言いたいのかよ？　悪い奴に悪いって言えないのが、大人なのか？　えらいのかよ？　俺、そんなんだったら、やってらんねぇよ」

「――甘ったれんな」

あまりに郁人の態度が子どもっぽく見え、ついポロッと口を突いて出てしまった。

「は？」

郁人が顔を顰める。

俊はしっかりと相手の目を見据《みす》える。

「俺は君が悪く言われることの方が嫌なんだよ！　あのまま放っておいたら、君、何してたの？　喧嘩になんてなったら、君の印象だって悪くなるんだぞ、鳥井さ——君の言う悪い奴のためにな！　俺はそんなこと望まないし、それで何がよくなるんだよ？　俺の味方だっていうなら、お前がモデルでよかったってみんなに……俺にもそう思わせてくれよ。お前を大事にしようとしてる人間を前にして、やってらんねぇとか、そんなこと軽々しく口にしないでくれっ」

「……」

今度は郁人が青ざめる番だった。

言葉を失《な》くし、俊を見詰める顔にはあっという間に後悔の表情が広がっていく。

やってしまった——。

相手は学生で、ボンボンの世間知らず、純粋で、簡単に人を寄せ付けない——分かっているのにこれだけ感情的になってしまうなんて、やっぱりそれだけ自分も鳥井の言葉に動揺していたのかもしれない。

これで郁人の気を滅入《めい》らせて、ドロドロが渦巻く世界だという印象を植え付けてしまうなんてことは絶対に嫌だ。それこそ辞めると言われかねない。

「ごめんな、きつく言い過ぎた。本当は、君の言うことは何も間違ってないよ。でもさ、俺はブランドを成功させたいし、君の良さをみんなに知ってもらいたいんだ。そこに向かって進んでるんだ。それこそ、くだらない奴らに台無しにされたくないんだよ」

その時、ポケットに入れていたスマホが鳴った、藤間からだ。時計を見て、採寸の時間に遅れていることに気が付いた俊は息を飲んだ。

「藤間さん、申し訳ございません。すぐ行きます」

『何かあったのか？』

「いえ、ちょっと話をしていて、すみません」

電話を切ると、子どもみたいに俯《うつむ》いてしまった郁人の顔を覗《のぞ》き込んだ。気持ちは焦っていたが、なんとか郁人に気持ちを切り替えてもらわないといけない。

「郁人、遅れてるから行かないと」

顔を上げた郁人が、不安げな眼差しを向けてくる。

「あんたは、それでつらくないのか？」

いつになく距離が近い。

どうでもいい、慣れた、気にしない、他の人が相手なら、多分そんなようなことを言って笑っておいた。

でも郁人は納得しないだろうし、俊の本心でもない。

「君が怒ってくれたから、それでいいよ」

郁人の気持ちを立てるためも考えて言った言葉が、意外と本心だったことに気付く。

同じことを感じて、自分を理解してくれる相手がいたら——傷付いたことをなかったことにしなくたって、ほんの少し気が楽になる。

一歩踏み込めば触れ合いそうな距離で、暫くお互い黙って目を合わせていた。

身体の奥の方が、チリチリとした。

# 4

七月中旬の陽《ひ》が燦々《さんさん》と降り注ぐ朝、俊《しゅん》たちジュール・カラドゥ一行は、大田区《おおた》にある広々とした二階建てのスタジオにいた。

物流センターが多い地域で、ここも倉庫を改装した建物なので、天井が高く床はコンクリート剝《む》き出しだ。クーラーをガンガンに利かせていてもちょっと熱い。

「もう少し離れた方がいいですか？」

俊は三メートルほど離れた位置で、カメラマンやジュールたちが照明機材やセットを組んでいる場所から様子を振り返った。

六月からスタートしたＳＮＳに載せる、ブランドオープンまでのお仕事シリーズの動画撮影を始めるところだ。

「大丈夫でしょ。生配信じゃないし、撮り直しも編集もできるから」

スマホを構えてくれている柳《やなぎ》が請け合う。

色々な人が集まって何かの準備をしたり作品を創ったり、忙しくてもスケジュールがたとえハードでも特別なワクワク感が堪《たま》らない。郁人《いくと》もそうだといいが。さっき楽屋に入って行った彼は、いつも通り淡々としていた。

柳の合図で、俊はカメラに向かって飛び切りソフトに微笑《ほほえ》んだ。

「動画をご覧いただいている皆さん、こんにちは、ジュール・カラドゥの汐瀬俊《しおせ》です。今日から三日間、ブランドモデルと一緒に、キービジュアル、ランディングページ、そしてレインボージェリーというお菓子メーカーとのコラボ商品の写真撮影をします」

本来ならコラボ商品の撮影は、もっと違う時期に行われるものだろう。しかし本国では、秋からコラボが始まるので、一部の素材と色を変えた作品が早くもできている。ジュールが日本にいる間に、アメリカ版とのイメージを調整したいらしい。

俊は指を折って撮影について説明した後、もう片方の手に持っていたコラボ商品であるカラフルなグミやジェリービーンズについて宣伝した。そして、早速二人で動画を確認する。

「うん、いいと思う。服も着こなしも最高、顔も可愛《かわい》い」

さらりとした風通しのいいゆったりしたシャツと綿のパンツは、会社が購入した本家のジュール・カラドゥの物を社販価格で買い取った物だ。

「ありがとうございます。柳さんも似合ってますよ」

柳もメンズであるジュール・カラドゥのTシャツを、彼女らしいカラフルで大ぶりのアクセサリーと合わせてこなれた感じで着ている。

郁人の顔出しは、お披露目までNGなので動画の公開はまだ先だが、ブランドの立ち上げからレポートしていく企画は始まっている。服好きは勿論、アパレル業界で働きたいと思う人にも有益な情報を提供したい。

撮影が始まり、郁人の写真をモニターで確認する合間にSNSにアップする写真を撮っているとジュールに呼ばれた。

『シュン、ちょっと意見を聞きたい。こっちへ来てくれ』

大勢のプロに囲まれている中、ジュールが自分を名指ししてくるなんてどんな用だろうと、ちょっと期待してしまう。

俊がモニターの前にいるジュールのそばへ行くと、ヘアメイク担当に囲まれていた郁人もやって来て、俊の腕を小突いてきた。

「暑い」

ただでさえクーラーの利きが悪いのに、洋服の撮影の常で季節外れの服を身に纏《まと》っているのだから無理もないだろう。

「ごめん、小さい扇風機いらないんだと思って、難波《なんば》さんに楽屋へ置いてきてもらっちゃった」

「なんでだよ、撮影中はあんたが持っててよ」

郁人は、メイクし直したばかりの艶《つや》やかな唇を少し不満げに尖《とが》らせる。

黒いヴィーガンレザーを使ったブルゾン、すっきりしたインナーにインディゴブルーのジーンズを着ている郁人は見た目こそ大人っぽいが、さしずめ、突然大勢の知らない大人に囲まれて落ち着かない子どもが、親の気を引こうとしているといったところだ。

『シュン、日本に住む君たち世代の感覚を確認したいんだが、この写真を見てどう思う？』

顎を擦《さす》り考え中モードのジュールが言う。

なるほど、そういうことなら納得だ。

郁人の感覚が一般的かどうか大いに疑問があることは、彼のハイブランドの服で分かるだろうし、難波もいるが直接英語で話せない。それで自分が指名されたらしい。

『文句なしにクールです』

ブルゾンの肩の辺りをずらして三人掛けソファに腰掛けている写真の郁人は、腕同士が重なりそうな距離で俊をガン見している子どもとは別人に見える。

このブルゾンを着ればセクシーでクールになれるという気がするだろうし、彼氏や夫にこれを着て欲しいと思わない人はいないだろう。

しかし、俊の答えは的外れだったらしい。ジュールは口元を歪《ゆが》める。

『勿論《もちろん》、イクトに僕の服もセットも最高に似合っているのは分かってるさ。しかし、等身大の若者じゃなく、どこぞのセレブに見えないかい？　日本の若者はもっとカジュアルじゃないか？』

イメージを優先してそこは気にしていないのだと思っていたが、違ったようだ。

だとしたら、俊は郁人の着ている衣装について気になることがある。しかし、それをデザイナー本人に伝えるのはさすがに躊躇《ちゅうちょ》してしまう。

『なんでも言ってくれ』

ジュールが両手を大きく広げ、俊をはじめモニターを囲んでいる面々をぐるりと見渡す。他の誰かが思い切って指摘するかもしれない。それなら自分が言いたい。

『では、ちょっといいですか?』

俊が声を上げると、みんなの視線が集まった。

これで不興を買ったら目も当てられないが、ジュールは既に俊の言葉を待っているので後には引けない。

『全体としては最高ですが、リアルさも求めるのであれば、インナーをオフホワイトのパーカにしてジーンズもブルーに変えてはどうでしょうか?』

『衣装を変えるのか?』

ジュールは怒っているとまでは言えない表情だが、少なくとも喜んではいない。

『汐瀬、何故《なぜ》そうした方がいいと思ったんだ?』

藤間《とうま》が助け舟を出してくれるのに勇気づけられた俊は、隣にいる郁人の全身を手で示した。

『ジュール、さっきあなたも仰《おつしや》った通り、今身に着けている服は、イクトの魅力を一番引き出すことに重きをおいたコーディネートになっていると思います。彼以外なら問題ないんですが、特に黒をメインとしたダークトーンで纏めた場合、綺麗《きれい》過ぎて、ＣＧみたいで現実味がないというか……二十代若者のリアルさを求めるなら、という意味ですが』

ジュールは郁人の全身を眺め、ふむと溜息《ためいき》をつく。

『差し出がましいですが、親しみやすさもあった方が、お客様も自分が着用しているイメージが湧《わ》きやすいと思います。ブルージーンズはレトロ感が人気ですし、ブルゾン以外の色を明るくすることで、ブルゾンもより引き立ちます』

俊が喋《しゃべ》り終わった後も、ジュールは真剣な顔で顎を擦っている。

多分数秒だが、俊にとっては数分間にも感じる沈黙が流れた。

『イイヨ、ＯＫ。シュン、イクトの衣装を君の言ったコーディネートに変更してくれ』

『え、ありがとうございます』

まさかジュールが、すんなり変える気になるとは思ってもみなかった。

驚きが伝わったのか、ジュールは意外そうな顔をした。

『僕は頑固ってわけじゃないぞ、シュン。こだわりが強いのは認めるが、こだわりを実現するための意見は聞くさ。それに、イクトに関しては君の方が理解している』

喜んでいいのかどうか、ジュールの指摘は複雑だ。

『他に気になることは？　僕が気になっていたのは実はこいつなんだが』

ジュールは、モニターに映る三人掛けのどっしりとした大きなソファを示す。

『ソファですか？』

布製でシンプル、さほど高そうでもないが、確かに大きい。鎮座しているそれは、言われてみれば気になってくる。

『彼が一人で住む部屋のイメージでは、不自然じゃないか？』

ところが、俊が答える前に郁人が口を開いた。

『シュンに聞いても無駄ですよ。彼の家で朝、目が覚めたら、クローゼットみたいに服しかない部屋でびっくりしました』

『クローゼット？　それは楽しそうだな』

ジュールがハハッと笑う。

「郁人っ」

まさかこの場で彼がそれを持ち出すとは。思わず郁人の腕を摑《つか》むが、彼はニヤリと笑う。

『貶《けな》してないよ。ベッドが小さいけど、居心地は悪くないし』

手で口を塞《ふさ》いでやりたいところだが、俊が慌てれば余計に怪しい。

こんなことを言えば、どう思われるか想像できないわけじゃないだろうに。

『誤解されるようなこと言うなよ、ベイビー』

ふざけたのは、全くやましいことはないとアピールするためだ。

『は？　誰がベイビーだ』

さすがにここまでやったら郁人も調子に乗ったことを後悔したのか、焦った顔で俊の腕を小突いてくる。

『僕が今度のショートフィルムで味を占めたら、次は君たちのブロマンスを撮るよ』

ジュールまでもが、ジョークを飛ばしてくれたことで場の空気は和んだ。

だが、俊は視界の端で、藤間が自分たちを見ていることに気が付いた。自分たちを囲むスタッフの中で彼一人だけが真顔で、何を考えているのか分からない目をしている。

俊は無性に落ち着かない気持ちになる。でも、何をそんなにビクビクする必要があるのだろう。妙な空気になったわけじゃないし、万事順調なはずだ。

『うちはクローゼットかもしれませんので参考にならないですけど——ビーンバッグチェアなら友人たちも割と置いてます。ソファにしても一人掛けの方がまだ自然かもしれません。家具にこだわりがない人なら、独身の一人暮らしなんて身軽がいいですし、こだわりがあるなら、もっと違う物を選ぶんじゃないでしょうか。ヴィンテージとか有名ブランドだとか』

俊は藤間の視線に気付いてないふうを装って、ジュールの問いに話を戻した。

『ビーンバッグチェアは、座ってる姿がクールじゃないな。よし、君がイクトを着替えさせている間に、一人掛けのソファを探してくるよ』

そう言ってジュールは、周りのスタッフから二人連れてスタジオの大道具を集めている部屋に、俊は郁人と一緒に楽屋へ向かった。

楽屋のカーテンで区切る更衣スペースに郁人を待たせ、吊《つ》るされている服の中からパーカとブルージーンズを取って来て渡したところで、後から戻って来たメイク担当の女性に話しかけられた。

「汐瀬さん、さっきかっこよかったです。私だったら思ったことがあってもあんなふうに言えませんよ。そもそも英語、話せませんけど」

「ジュールに追い出されたら、どうしようとは思ってましたよ」

冗談めかして笑うと、彼女も鏡の前に置いていたメイク道具を整理しつつクスクス笑った。

「実は私コスモクローゼットの時から、汐瀬さんのSNS、全部チェックしてます」

「見てくださっていたんですか、ありがとうございます」

「最近始まったジュール・カラドゥでのお仕事紹介も面白いですし、まさか私がナゾのモデルさんにメイクすることになるなんて、人生何が起こるか分からないですね」

今思えば、コスモクローゼットのアカウントで、俊の個人アカウントやジュール・カラドゥのアカウントの宣伝をさせられた鳥井《とりい》は、どんな気持ちだったのだろう。

採寸日の駐車場での遭遇以来、前よりも社内で鳥井を見かけることが減った。まさか鳥井にまで悪口を言われていたことと、郁人が自分のことであんなに怒ってくれたのが驚きで、折に触れて考えてしまう。

本当に何が起きるかなんて分からない。

「私自身も立ち上げからブランドに関わるのは初めてで、毎日新鮮ですよ」

「応援してます！　そういえば私、メンズ着たの、コスモクローゼットが初めてだったんですよ」

「着てくださっているんですか、ありが――痛っ」

喜んでいると、郁人が急に背中を叩《たた》いてきた。

「着替え終わったんなら、口で言ってくればいいだろ？」

「話し中だった」

むすっと答える郁人は、着替えてはいるものの、全く整える気がないのかパーカの裾も重ね着した袖もぐちゃぐちゃだ。

「分かった分かった。服ちゃんとするから真《ま》っ直《す》ぐ立って」

俊は早速郁人の前に跪《ひざまず》いた。

「お二人って仲いいんですね。あの……一枚だけお写真いいですか？」

悪ガキに気分を害することなくクスクス笑っている彼女に、俊は謝らなくてはならなかった。

「すみません、郁人はプレスリリースまで顔出しがＮＧなので、個人的な撮影はお断りしないといけないんです」

事前に伝えていたことだが、写真を撮りたくなる気持ちは分かる。だが、ブランドモデルに関しては、ギリギリまで発表をせず、小出しにしてSNSで煽《あお》っていく予定だ。

絶対外部に漏《も》れないよう、撮影場所や情報の管理にも気を付けている。

しかし、彼女はきょとんとして顔の前で手を振った。

「そうじゃなくて、汐瀬さんとです。残念ですけど、織田《おだ》さんがNGなのはお聞きしてるので」

「早とちりでしたね、ごめんなさい。私でよろしければぜひお願いします」

以前よりも、自分を知っているという人に会う機会が増えた。

新しく始めたSNSがうまくいっているからなのか、店舗にいた時とは違って、外に出てこれまで関わりのなかった人たちに会うようになったからだろうか。

でも確実に、色々なことが変化している。

「なぁ、俺が自分で自分の写真撮るのもダメか？　俊は撮っていいんだよな」

何故か郁人はスマホを出し、俊の写真を撮り始めた。

変化といえば、この磨き上げられつつあるダイヤの原石もだ。どこか浮ついていて、ソワソワしていて落ち着かない。しかし、その後も撮影は順調で、郁人はしっかり仕事をこなしていた。

三時過ぎには撮影が終わり、ジュールや藤間たちと会社に戻ろうとスタジオを出ると、先に帰ったはずの郁人が、壁に凭《もた》れて立っていた。

「あれ、郁人？」

彼の私服であるリバーシブルメッシュの白いTシャツ、ゆったりとしたシルエットのパンツは、スポーツブランドから出ていてサイズが豊富なものだ。シンプルだがタウンユースできる。一緒に買い物に行った際、サイズに困っている彼に俊が選んだ。手には、コラボ先のメーカーから送られてきた、グミやキャンディがどっさり入った袋を下げている。

「ちょっといいか？」

郁人はそう言って、落ち着かなげに視線を泳がせる。

一緒にいるジュールやプレスチームの面々が気になるらしいので、俊は彼らに断りを入れる。

「皆さん、すみません。ちょっと失礼していいですか？」

「分かった、先に駐車場へ向かっている」

藤間が代表して答えてくれたので、俊は礼を言って郁人とその場に残った。

「どうしたの？」

何も言わない郁人に、俊の方から尋ねた。

「これ、あんたもいらない？」

郁人は持っていたお菓子の袋を持ち上げる。

「ありがとう。俺たちももらってるんだ。オフィスにもまだあるから、食べきれなかったら大学に持って行くと喜ばれるかも。コラボやモデルの話をしなければ大丈夫だし、細長いグミ、SNSで流行《はや》ってるんだよ」

「そんなに仲いい奴《やつ》いないし」

分かりやすく彼は手を下ろし、俊から目を逸《そ》らす。

「ご家族は？　一人っ子だっけ」

「家の話はしたくない」

「そっか」

ある程度の信頼は得ているとは思っているが、そうバッサリ切り捨てられると、壁を作られているようで寂しいような気がしなくもない。とはいえ、仕事仲間との距離感なんてそんなものかもしれない。

「じゃ、明日の撮影も――」

藤間やジュールたちを待たせていることが気になり、話を締めくくろうとすると、郁人が言葉を遮った。

「俺、ちゃんと動けてたか？」

じっと俊を見ながら、郁人はゴクリと喉を鳴らした。

もしかしなくても、それを聞きたくて郁人は自分を待っていたのか。

「勿論だよ。みんなべた褒《ぼ》めだっただろ？」

「ブルゾン以外の衣装――あんたの言った明るい色に変えてから、動きも変えてみた」

「うん、ジュールも普通の若者っぽくなったって言ってたね。普通って何か分かんないけど、君がかっこよすぎたんだよ。悪い事じゃないと思うよ」

それでも郁人はもどかし気な目をしていた。どこが納得のいかないポイントなのだろう。

「衣装、変えたの嫌だった？」

「なんで？　俺もあんたのコーディネートの方がよかった。最初のはカッコつけ過ぎだろ」

あり得ないことを言う郁人の腕を、俊は思わず友達のノリで叩いていた。

「いやいや、かっこいいって！　着こなせない人が多いだろうなとは思ったけど、君には似合ってたし、大体、ジュールのコーディネートによくないところなんてあるわけないだろ？」

つい熱が入る俊を、郁人は不満げな顔でじっと見ている。そんなにじっと見られてばかりでは、いい加減顔に穴が開きそうだ。

「そんなにジュールの服が好きなのか」

「当然だろ。君だっていいと思うだろ？　広告が出た時の反応が楽しみで仕方ないよ、だから、何も心配しなくて大丈夫」

俊は郁人の両肩をガシッと掴んで、揺さぶってやった。

「あ？　誰が心配って言った？　言ってねぇし」

郁人は居心地悪そうに身体《からだ》を揺すって、俊の両手首を掴み自身の肩から剝《は》がした。そして焦《じ》れたように言う。

「俺はあんたの感想が知りたいんだっ」

「え？」

俊は目を瞬《しばたた》いた。じわじわと驚きが湧いてくる間に、郁人は気まずそうに髪をかき上げて咳《せき》払いをする。

「……あんた、ほとんど動画や写真撮ってばっかだっただろ。ジュールやみんなじゃなくて、あんたの感想をちゃんと聞いてない」

「あ……」

撮影中を振り返ってみると、彼の言う通り、ほとんどの時間はＳＮＳ用の動画や写真を撮るのでバタバタしていた。

モニターを覗《のぞ》きながらジュールたちと感想を言い合い、柳が撮影してくれている動画の中でも郁人のことを褒めたが、郁人に直接は言っていなかったんじゃないだろうか。今も、彼の質問に対して俊が答えたのは、みんなが褒めていた、ジュールのコーディネートがかっこいいということだけだ。

「えっと……」

じっと自分の言葉を待っている郁人と向かい合っていると、何故かしどろもどろになってしまう。妙な自尊心をくすぐられると同時に、そんな自分が恥ずかしくもあるせいだろう。

ふざけた子どもみたいなボディタッチや、ジュールに俊の部屋について話したことは、人の多さや場の空気のせいと思っていたが、どうやらそれだけではないらしい。

あんなに堂々としていて、迷いなく動いているように見え、あまつさえ、ジュール・カラドゥをメロメロにしている男が、自分の評価を聞きたくてソワソワしながら待っていたとは。

「ありがとう。俺は、すごくかっこいいし色気があるなって思って見てた。正直、君ほど人目を惹《ひ》くモデル、見たことない」

言葉にしているうちに頬が熱くなるのを感じた。仕事とはいえ、本人に改まってこんなことを言うのは、照れくさい。

「そうか……」

満足そうに呟《つぶや》いた郁人のシャープな瞳は、漫画なら、パアアという効果音が入りそうなくらい輝いて丸くなるし、セクシーな唇は綻《ほころ》んでいる。

心底嬉《うれ》しくてホッとしているというのが伝わってくる。

その可愛さに、俊は慌てふためきそうになる。このギャップを日本中が知ることになれば、みんな彼を好きにならずにはいられないだろう。

「じゃ、また明日ね」

みんな待ってるだろうから、と俊はそそくさとその場を後にした。

郁人はそれで味を占めたのか、残りの二日間も、撮影が終わると俊を待つようになった。

『ほら、作戦会議の時間だね。ショートフィルムの撮影が怖いよ。君がどんどんよくなり過ぎて、新人監督の僕の手には負えない名優になっているかもしれない』

最終日には、ジュールにそんなふうに茶化された。郁人の方も三日目には慣れたのか、ストレートに俊の意見を求めてきた。

「俺、かっこよかった？」

唇から歯を覗かせ、魅力的な笑みを浮かべる郁人は、三日カメラの前にいただけで今まで以上にあか抜けて見えた。写真にそういう力があることは、俊も分かっていたが、これほどとは。

「勿論、かっこいいよ！　多分、今日本で一番かっこいいんじゃない？　君がモデルで本当によかった」

「はぁ？　真面目に言ってんの？」

俊の言葉を冗談だと受け取った郁人は、ふざけて俊を蹴る真似《けまね》をしてくる。確かに冗談めかして言ったが、至って本気だ。

親しい言葉の応酬や態度とは裏腹に、俊は少しずつ郁人との間に距離が生まれてくるのを感じていた。

たった三日でこんなに輝けるのだから、今後どうなっていくのだろう。勿論、すごく楽しみだ。けれど、俊がこうして郁人のそばにいられるのは今だけで、ずっとじゃない。

それなのに、仕事とは関係なく、まだまだこうやって彼を見ていたいという気持ちが自分の中に湧いてきていることに戸惑っていた。

いつか、いや近い将来、彼から手を放さなければならないのに。


早めに出社した俊は、お気に入りのコーヒー片手にデスクにおさまった。

昨日までの撮影で撮ったSNS用の動画や写真の編集、郁人の写真からヒントを得た企画書のブラッシュアップ、やりたいことがいっぱいある。

「おはようございます、汐瀬さん、早いっすね」

出勤してきた難波が、デスクのパーティションから笑顔を覗かせる。

「おはようございます、難波さんも早いね」

俊もニッコリ笑って応じる。自分もだが、難波も撮影の疲れより充実感を漂わせている。

「郁人の写真がすごくよかったから、インポートのベーシックアイテムの企画書、いい案を思いついてさ」

「ああ、オンライン先行受注のっすよね？　ベーシックだけあってインパクトがってところで止まってましたよね」

俊は話を聞きながらコーヒーを啜《すす》り、パソコンを立ち上げる。

「うん、そうそう。企画書直し行き詰まってたんだけど、やっぱり色気で攻めることにしたよ」

「いいっすね。あ、写真撮りましょうか」

「え？」

話が嚙《か》み合ってない気がして、俊はコーヒーのコップを持ったまま首を傾《かし》げた。

すると、難波はパーカのカンガルーポケットからスマホを取り出して俊に向けてくる。

「ああ、ＳＮＳ用の写真？」

こうやって、俊は最近事あるごとに写真を撮ってもらったり撮ったりして、各種ＳＮＳを日に最低二回は更新している。

「はい。普段の仕事風景って感じがよかったんで。じゃ、撮りますっ！　うん、いい感じっすよ。キャプションはオンラインショップの先行受注企画書作成中でどうっすか？」

そのキャプションは申し訳ないけれど読みづらい。コーヒー片手にパソコンに向かっている写真の自分は、まだ何もしていないがいかにも仕事をしてるふうにみえる。

「ありがとう。今日はまだ撮影ネタがあるから、この写真は何もない日に取っておくよ」

俊は共有してもらった写真を、ありがたく保存した。

そんな話をしていると、藤間が颯爽《さっそう》と執務エリアに現れた。

「おはよう。汐瀬、難波、会議室１４０５に来てくれ」

藤間は手入れの行き届いた革製バッグを自分の椅子に置くだけおいて、さっさと執務エリアから出て行った。

今朝は会議の予定はなかったのに、やけに唐突だ。一体何だろう。

椅子から立ち上がった俊と難波は、顔を見合わせて首を傾げた。

「こういう急な呼び出しって、いいことないですよね」

指定された会議室へ向かう途中、難波が不吉なことを言った。

「そうとも限らないって思っておこうよ」

難波の言葉に異存はないが、どうせ数分後には知ることになる。ああだこうだと考えても仕方ない。

そして、表情の読めない藤間と共に会議室の円卓を囲む。

彼はテーブルの上で両手を握り、身を乗り出してきた。何か深刻な話をする時の彼のポーズだ。

藤間が目を据《す》えたのは俊の方だった。何なんだろうと、改めて背筋を伸ばす。

「汐瀬、今後、織田君絡みの業務は、撮影現場での対応も含めて難波に担当してもらう」

「え――」

「ええ、私がですか？」

　俊と難波の声が被《かぶ》る。

「急にどういうことですか？」

　俊は心底驚いて、藤間に尋ねる。

「今後、君はかなり忙しくなる。イベントの企画、展示会、ルックブック、俺と一緒に各種媒体を訪問して売り込みにも行ってもらう。ちなみに、売り込みの企画書を作るのも基本的には君だ。その出来次第で、媒体が掲載してくれるかどうかが決まるのは分かってるな。ECサイトの着用モデルもやってもらう。勿論、俺たちもサポートはするが、どれも初めての仕事だろう」

　藤間の言っていることはその通りなのだが、これまで何の前振りもなかった。どうして急に、こんな話になるのか分からない。

「今後って、いつからですか？　ショートフィルムの撮影は二週間後ですし、今とまだスケジュールはさほど変わりません。それに、たとえ忙しくなっても、私は構いません」

「必要な引き継ぎがあれば、今週中に行ってくれ。君の気持ちは分かっているつもりだが、これは俺が判断することだ」

　藤間は、いつも通り冷静な口調だった。

「すみません、ですが――」

また反論の言葉を口にしていた。

俊の頭に浮かんでいたのは、撮影の後、自分の意見を聞きたいと待っていた郁人。他の誰でもなく、俊の称賛を聞いて嬉しそうに顔を綻ばせる彼だ。

「撮影に参加するなと言っているわけじゃない、宣伝活動を一緒に行う件についても変更なしだ。仕事に影響はない、寧《むし》ろ集中できるはずだ」

「それは……」

言葉に詰まる。

郁人はスタジオまで自力で来るし、モデルの顔になるためにはヘアメイクがいれば、衣装はジュールがいれば、俊がいなくても郁人が困ることはない。

「織田君と君は、元々の知り合いや友人ではないんだったな？」

スカウトした経緯は伝えてあるし、藤間が忘れるとも思えない。分かっていて聞いてくるからには何か理由があるのだろう。俊は胃が縮むような落ち着かなさを感じた。

「違います。三月末に舞台を観《み》に行った時、初めて会いました」

まだ郁人とは、半年にも満たない付き合いだ。

彼を見つけてきた、そこまでで十分のはず――。

なのに、なぜ喉が締めつけられるような思いで冷静さを欠いて、上司の心証を悪くするようなことを言っているのだろう。藤間が理不尽なことを言っているなら、俊は抗議することを厭《いと》わないが、これはそうじゃない。個人的な気持ちが大きい。

一体、郁人は自分にとってどんな存在なのだろう。

俊は足元が掬《すく》われるような思いがした。

「少し距離を考えろ。君は彼のマネージャーじゃない。少々馴《な》れ合い過ぎだ」

「え……」

俊は肝が冷えるような思いがして息を飲んだ。

撮影中、自分たちを一人無表情で見ていた藤間を思い出す。

「私はただ、彼をリラックスさせようと――」

「悪いがはっきり言う。君たちは、仕事の範疇《はんちゅう》を超えた感情を持ち込んでいる」

心臓が変な具合に音を立てる。

藤間は自分たちの間に、何を見たのだろう。

距離が近いのは分かる。でも、それはそんなにいけないことだろうか。現に撮影はうまくいった。じゃ、どうして自分は焦って後ろめたい思いをしているんだ。

難波が藤間の話をどういう顔で聞いているのか、確かめる勇気が出ないのが答えなのかもしれない。

「採寸の日、二人で話していて遅刻してきただろう」

藤間がダメ押しのように、もう済んだことだと思っていた話を持ち出してきた。

「あの時は……申し訳ございませんでした」

　鳥井と揉《も》めたことについては、郁人が誤解されるような機会を作りたくなかったし、事を荒立てて長引かせるのが鬱陶《うっとう》しかったから、報告はしないと自分で判断した。

　その判断が、こんなふうに影響してくるなんて。

　あの日、郁人は自分のために怒ってくれた。俊が社会に出てから蔑《ないがし》ろにしてしまっていた感情に彼は触れ、認めてくれた――俊にとってあの一連の出来事で覚えていたいのはそれだけだった。

　会議室の中はエアコンの音だけが響き、会話が途切れた後、ようやく冷えてきた室内の空気は張り詰めていた。

「織田君が今後、どうしたいのか聞いてるか？」

「仕事が一段落するまでは、聞かないつもりでした」

　最初はあれだけ嫌がっていたオーディションへの参加を引き受けてくれたと思ったら、その後は一貫して周りを圧倒するような才能を見せてくれている。かと思えば、時折、俊から何かの答えが出てくると思っているような顔で見詰めてくる。不安になると、子どもみたいに叩いたり小突いたりしてくる。

　やたら高級な物に囲まれているが、それについては聞かれたくないらしいし、そもそも、なんでプロのように動けるのかも分からないままだ。

物語なら「天才だ」で済むが、現実ではあり得ない。天才でも経験がないものはないのだ。経験者と同じようにはいかないだろう。

「あの……」

再びの沈黙を破って、難波が小さく手を挙げる。

「プレスリリースの後、織田君の顔が割れるようになったらどうするんだろうって、私も気になってました。事務所に入っていないと、基本、織田君が自分で自分のマネジメントをすることになりますよね。それはキツいと思います」

もう少しで、そんなことは分かってると言い返してしまいそうだった。難波が言ったことは、勿論、俊も考えていた。

今は社内で動いているだけだが、外部から郁人に依頼や問い合わせが来るようになった場合も、引き続き対応するのかといわれると、うちは芸能事務所じゃないので無理だ。

「難波の言う通りだ。そこでだ、織田君には事務所を紹介しようと思ってる。我々とコネのある事務所が、既にいくつか彼に興味を示してくれている」

「え……」

知らないところでそんな話が出ていたとは。会社とはそういうものだと分かっているつもりだったが、今日はやたらとそれがきつい。

「部門長とか藤間さんのコネなら、大手ですよね？　すごいじゃないっすか！」

難波は素直に笑顔になる。

会社としての都合や思惑があるとしても、郁人の先々のことまで考えてくれるのはすごく親切だと思う。難波の言う通り、これはとてもいい話だ。

だが、俊は素直に喜べない。

郁人が自分の手から離れていくのは、まだ何カ月も先のことだと思っていた。心の準備ができていない。

「いいお話ですが、実は彼……最初はオーディションにも乗り気じゃなかったんです。本人の希望もありますし、仕事が一段落してからの方がいいのではないでしょうか。先のことを考えるよう急《せ》かすのは、負担になると思います」

郁人が望んでいたら、二十歳になる前にどこかの事務所に入っていただろう。何かしら彼には今の状態でいる理由があって、まだそれが解決できているとは思えない。

「汐瀬の言いたいことも分かる。だが、うちの会社も、キャリアを積んで独立したモデルならともかく、二十歳になったばかりのフリーの新人と仕事をするのは初めてだ。会社としては、お互いのためにできるだけリスクを減らさないといけない」

俊も分かっている。

ジュールのゴリ押しがなければ、それが理由で採用に至らなかったかもしれない。

難波は二十代向けメンズブランドで、大勢の若いモデルを見てきた人ならではの視点で藤間の言葉をもっと具体的に裏付けてくれた。

「気を付けていても、顔が割れると色々起きますから。それこそストーカーとか、本人にはどうしようもないことだって……V.V.で使っていたモデルも色々ありましたけど、事務所の規模や対応で、後々のことまで変わってきてましたね」

俊は今ほど、自分がお飾りのプレスだと思い知らされたことはない。

撮影現場の経験だって難波の方が多いのに、立場は一応俊が上という状況だ。俊のようなプレスの仕事を知らない人間がいきなり上にやってきても嫌な顔一つせず、気持ちよく働ける仲間でいてくれる彼は、何もかもさり気なくこなしてくれているが、かなり人間ができているのだと思う。

藤間は俊が何か言うのを待つ素振りを見せたが、俊は何も言えなかった。

ここで自分が何を言っても、説得力はないことくらいはわきまえている。

「織田君が今後のキャリアをどうするかは、彼次第だが、ジュールの仕事は暫《しばら》く続く。その間は、マネージャーをつけることを検討してもらいたい。個人的には、バイクでの移動もヒヤヒヤする。せめて大事な時には、送り迎えをしてもらえた方がいい。それに、汐瀬──」

藤間はそこで言葉を切って、俊がきちんと自分と目を合わせるのを待っている。

ばつの悪さを隠し切れないまま、俊は藤間の瞳を見返した。

自分の選んだ人間がこんな情けない奴で、彼は嫌にならないのだろうか、失望しないのだろうか。

　彼は、俊に言い聞かせるように言葉を紡ぐ。

「君はジュール・カラドゥのプレスだ。もう一度言うが、織田君のマネージャーではない。織田君が表に出れば、まず間違いなく注目されると思っている。そうなれば我々だけでは対処できない。君も織田君の性格を分かっているなら、彼が今後も一緒に仕事をしていけるマネージャーとの関係を、早く築いた方がいいとは思わないか」

「――分かりました。担当を変わる前に、私から一度、話はさせてください」

　俊は渋々そう告げた。

　藤間の言っていることに、おかしな点があれば抗議を続けていた。しかし、彼の言っていることは筋が通っている上、俊も自分の感情で話していることは分かっている。これは仕事だ、妥当性に疑問がない以上、上の決定に従うしかない。

「すまないが、そうしてくれ」

「はい」

　俊は、気乗りしない気持ちを表に出さないよう苦労しつつ、難波に微笑み軽く頭を下げる。

「難波さん、よろしくお願いします」

　郁人と彼はろくに話したことがなかったと思うが、難波は親しみやすいし誰とでも適度な距離で打ち解けるのがうまい。郁人が彼を受け入れさえすれば、問題はないはずだ。そこが一番厄介なところだが。

「わっかりました！　なかなか手強そうな相手ですけど頑張ります」

難波はいつも通り、笑顔で快く引き受けてくれた。

郁人に話したら、どんな反応をするだろう。

荒れなきゃいいが、すんなり受け入れるとも思えない。これが原因で郁人が不安定になったり撮影に支障が出たりしないだろうか。藤間の言い分では、そうならないよう対処し守るのが事務所やマネージャーで、それは俊の仕事ではないのだろう。

俊個人でなければいけない理由などないはずだし、そんな理由があるとすれば、それはおかしい。

それでもうまくいっていたのに——。

悔しさは捨て切れない。

郁人はノーと言うだろうか、言うとすれば、彼はその理由をなんと説明するだろう。また胸がひりつくような思いがした。

夕方、俊は郁人が通う大学の最寄り駅にいた。

改札を出るとすぐの、見事な緑の葉が生い茂った並木に目を奪われる。ここに来た理由が、今朝、藤間から言い渡された担当変更を郁人に告げるためじゃなければ、さぞいい気持ちだっただろう。

大学の方からこちらに向かってくる郁人は、意外なことに一人じゃなかった。男ばかり三人で連れだっていた。

「俊」

周りから完全に頭一つは余裕で突き出している郁人は、俊を見て嬉しそうに笑った。

そんな顔をされると、ますます心が痛む。

「期末試験、お疲れさま」

「うん。今日で終わった」

郁人は教科書やパソコンが覗く大きなハイブランドのトートバッグを肩に掛けていた。ちゃんと大学生してるんだなと、不思議な感じがして、少し彼との間に距離を覚えた。

「本当に男の人だったのか」

「誰？　先輩？」

一緒にいた二人の目が俊に向けられる。郁人より幼さが残っていて、いかにも大学生という雰囲気だ。

郁人にもちゃんと友達がいたのだ。いないようなことを言ってたくせに。でも、それが何故自分をモヤモヤさせるのか分からない。いてよかったじゃないか。

「郁人がうちでバイトしてくれているんです」

ジュール・カラドゥのモデルであることは発表まで極秘なので、俊はそう濁して育ちの良さそうな友人たちに笑いかけた。

「そうなんですか、織田、なんにも話さないんで」

「人に会うってソワソワしてるのが珍しくって、てっきり女――」

「違うって言っただろ、じゃ」

郁人は居心地が悪そうに来た道を引き返す。

自分に会うのを楽しみにしてくれていたのだろうか。それならもっと話しづらい。

気の良さそうな彼の友人たちは、いつものことだといった感じで、郁人の素っ気なさを気にもしていない。俊は彼らに軽く会釈をして、郁人を追いかけた。

「友達だろ？　もうちょっと愛想よくしなよ」

「同じ講義の奴ら」

しれっとしている郁人に、俊は苦笑した。

「冷たい奴だな」

郁人はやっぱり郁人だ。彼が明らかに自分を優先しているのは気分がよかった。これじゃ、郁人の態度を子どもじみているとは言えなくなってしまう。

「あんたには冷たくないと思うけど」

郁人がぼそりと呟く。

「え？」

聞こえていたのに、ドキッとして思わず聞き返していた。

自分が特別だと言われているようで、足元がふわりと軽くなる。

しかし、浮上した気分はここへ来た理由をすぐに思い出し、あっという間に沈む。

「なぁ、どっか見たい所ある？　ちょっと早いけど、晩飯食いに行く？」

友人たちの言葉通り、郁人は浮ついていた。参観日に張り切っている子どもみたいだ。大学を見に来るかと郁人から聞かれたので、もてなしてくれる気でいたのかもしれない。

ただどうでもいい話をして趣のあるキャンパスを散歩して、一緒に夕食に行く、それができればどんなに楽しいだろう。

でもそれこそ、仕事とはなんの関係もない。距離を置くといっても、会えなくなるわけではないのにここまで感傷的になるなんて、自分でもどうかしているとしか思えない。

「俊？　聞いてんのか？」

郁人は俊の身体の前に腕を出すと歩みを止め、顔を覗き込んできた。

「ああ、ごめん……なぁ、ちょっと座ろう」

胸像の近くにベンチを見つけ、俊は郁人を促した。テスト期間だからか、もうじき夜になろうという時間帯だからか、周りにはほとんど人がいなかった。

「具合でも悪いのか？」

郁人が顔に手を伸ばしてくる。

「いや、違うよ」

ナーバスになっていたせいで、思わずあからさまに彼の手をかわしてしまった。

郁人と視線が絡んで、沈黙が落ちる。

彼は傷付いたように顔を歪め、その目には不審の色が浮かんでいた。さっきまでの嬉しそうな表情が一瞬で消えるのを見て、俊の胸は痛んだ。

「なんだよ……なんかあったのか？」

郁人は苛立《いらだ》ったように、髪をくしゃくしゃとかき混ぜる。

どう切り出せばいいのだろう。

自分たちの距離が近過ぎるから担当を替えられた、なんて説明できない。

郁人は溜息をつくと黙ってベンチに腰を下ろした。俊も隣に並んで座り、郁人の方に身体を向けると、意を決して切り出した。

「これからの仕事なんだけど、君との連絡や現場での身の回りの世話は、難波さんに代わることになった」

「は？」

怒りよりもショックの方が大きかったのか、郁人は目と口を丸くしてそう言ったまま固まってしまった。

店長だった期間が長くて忘れていたが、彼を支えると言ったって、自覚していた以上に自分はお飾りで決定権も何もない。下っ端の会社員とはそういうものだった。

「急にごめんな」

「俺なんかしたか？　あんたどっか行くのか？」

郁人は眉を顰《ひそ》める。

俊自身が納得していないのに、どう彼を納得させろというのだろう。こんな決定を下した藤間への苛立ちが募る。

「違うよ、そうじゃない。どこにも行かないし。上司の指示なんだ」

みるみるうちに郁人の顔が険しくなり、怒りが露《あら》わになる。

「はぁ⁉　そんなの俺には関係ないだろっ。知らねぇよ」

自分だってそんなふうに媚《こ》びない態度でいられたら、どんなにいいだろう。眩《まぶ》しいと同時に、こういうところが何も分かっていない子どもだよなと俊は思う。

「オープンに向けて忙しくなるから、仕事を分担し直すっていう上の判断なんだ」

俊は頭を抱えたくなった。相手が子どもだとして自分はどうなんだ。これじゃ藤間に責任を押し付けて、悪者にしているみたいで卑怯《ひきょう》だ。

「また、あの若いおっさんか？　撮影中もアイツに監視されてた気がする」

案の定、郁人は過敏にそんな反応を寄越す。でも彼は周りを見れないわけじゃない。オーディションの時もそうだったが、自分の仕事をしている最中でも、こんなふうに観察しているのだ。それなら、少しは事情を察してくれてもいいんじゃないだろうか。

「監視じゃなくて、それが藤間さんの仕事だ、監督してるんだよ」

「言いなりかよ」

郁人は不貞腐れてそっぽを向き、チッと舌を鳴らす。

「そんな言い方はよせっ。仕事はそういうものなんだ」

ついカッとなって口調がきつくなる、最悪にかっこ悪い。

間違ったことは言ってないが、相手はただ経験がないだけで理解できないわけじゃないのに、なんでこんな言い方ばかりしてしまうんだ。うまく話せることは自分の特技だといっていい。なのにこれはなんなんだ。

俊は冷静になろうと自分に言い聞かせてから、慎重に口を開いた。

「ずっと君のマネージャー代わりではいられないよ。一時的だし範囲も限られてしまう。ちゃんと本物のマネージャーを雇った方が——今後のこともあるし、事務所に入ることも考えた方がいいと思うんだ。藤間さんの知り合いの事務所が君に興味を持って——」

「は？　意味分かんねぇ。今後ってなんだよ、誰がそんなの頼んだんだよ。勝手に人のこと決めてんじゃねーよっ」

パソコン入りの大きなブランドバッグを肩に掛けると、郁人はベンチから立とうとする。

俊は慌てて郁人の腕を掴んだ。

「勝手に決めはしないよ。だけど、俺も藤間さんたちも考えてることは同じだ。君がその才能にふさわしいキャリアを歩めるようにってことなんだ」

芸能界で仕事をしたい人間なんて掃いて捨てるほどいて、その人たちのほとんどが喉から手が出るほど望んだって手に入らないものを、郁人は既にいくつも持っている。なのにどうして、時々彼はこんなふうに何もかも邪魔で仕方ないという顔をするんだろう。

「俺のこと知りもしねぇくせに？」

思わずヒヤリとするような、知り合ったばかりの頃を思い出すような目で見下ろされた。そんな目で見られるようないわれはないはずだ。

この数カ月間、郁人を知ろうとしてきたし大事にしてきた。

俊はナイフのような視線に怯《ひる》まず、しっかりと郁人を見上げた。

「君が、知られたくないって態度を取るから聞かなかったんだ。急に担当者が替わるのは申し訳ないけど、藤間さんの言うことは俺も理にかなってると思う」

ちゃんと伝えていたつもりだが、社会人経験のない郁人には、「ジュール・カラドゥの成功のために動いている」と「郁人を守って支える」が、時として俊の仕事と同一線上にないことは通じていないのかもしれない。

今度こそ郁人は駄々を捏《こ》ねたり怒り散らしたりするかと思ったが、俊の予想に反し、彼は引き結んでいた唇を開き、少し掠《かす》れるような低い声で尋ねてきた。

「あんたはどう思ってんの？」

郁人は、強い視線で俊を縫い留める。

そうすれば俊の考えが見えると思っているように。

その真っ直ぐな瞳が眩しくもあり、羨《うらや》ましい。でもそれが社会では時に通用しないことも知っている。今、自分が応えられない側の立場にいることがつらかった。

「俺がどう思ってようと、上司の決定は変えられない」

プレスに相応《ふさわ》しい知識や能力が足りないのは仕方ないが、藤間はそれを知っているし、現時点で求められることは何とかこなしてきたと思っていた。

けれど、所詮はお飾りプレスだった。

仕事の挫折は、転勤とか売上が絡むことや、イベントでのミスなど、大きな場面で起きる何か派手なことだと思っていた。でも、どうやらそうではないらしい。こんなふうに想像もしていなかった場面で、急に現実を叩きつけられるものだったのだ。

仕事と個人的な思いが知らず知らずのうちに癒着《ゆちゃく》してしまい、エゴや見栄、志など、色々なものがごちゃごちゃになって処理できずにいる。

こんな自分と向き合う息苦しさは地味だが、物凄くつらい。

郁人は苛立ったように大きく溜息をつき、焦れたように尋ねてくる。

「上司とかそんなのどうでもいいっ、俺はあんたがどう思ってんのか知りたいんだっ」

今まで通り、郁人についていたかったに決まっているじゃないか。

間違ったことを言っているわけでもない上司に反論してしまうほど、郁人を他の人に任せるのは嫌だった。

なのに、結局どうにもできない。

郁人はただ請われて連れてこられた大学生なのだから、引っ張ってきた俊に頼るのは当たり前だ。問題は、きちんと距離を保てなかった自分にある。

だから情けないし、不甲斐《ふがい》ない。

僅《わず》かな機微も見逃さないという目で俊を見詰める郁人に、自分の迷いや苦しみが隠しきれているとは思えない。

ずっと大人ぶって仕事ができる気でいたことが恥ずかしいし、かっこ悪すぎて、郁人にそんな自分をさらけ出す勇気はなかった。

「どうもなにもないよ、仕事は仕事だ」

俊が無理矢理に絞り出した言葉を聞いた郁人は、呆然《ぼうぜん》としていた。暫くして、彼はその美しい顔に浮かんでいた驚き、失望、すべての表情を引っ込めた。

それでも彼の瞳が、少し潤んでいるように見えた。確信が持てないほど、ほんの少し。

「――そうか。分かった」

その返事を聞いた途端、切り捨てられたんだと思った。いや、切り捨てさせたのだろう。

俊は何か言おうとしたが、喉が詰まったように言葉が出ない。先に彼を遠ざけるようなことを言ったのは自分だ。

苦しい沈黙があり、郁人は黙って去って行こうとする。

俊は堪らず呼び止めた。

「郁人――」

「仕事のことは新しい担当と話す。あんたがやってたみたいに、俺の面倒を見る必要はないって、新しい人に言っといて」

郁人は振り返らず、投げやりにそう言って寄越すと去って行った。

追いかけたいが、そうしたところで自分には何もできない。

朝、藤間の話を聞いた時は、今日はもうこれ以上ないほど最悪な気分だと思っていたが、更にその下があった。

郁人に背を向けられたのは、自分がそう仕向けたからだ。なのにあっさり去られて、自分でもびっくりするほどショックを受けている。

もう自分が特別ではない、いや、最初から彼にとって入れ替わりが利く程度の存在だったのかもしれない。どん底の、更に底に落ちた気分だ。

目まぐるしく変わっていく郁人は、一緒にいて楽しかったし、誇らしいような気持ちもあった。だって、彼を見つけて連れてきたのは自分だ。会う度に変わっていく彼を、ずっと見ていたかったたし、一番の目撃者でいたかった。

ああ、そんなに郁人のことが好きだったのか——。

脚が縫い留められたように動かず、俊は暫くその場で立ち竦《すく》んでいた。

# 5

午前中の会議が終わり、俊《しゅん》は藤間《とうま》と一緒に執務エリアに戻るエレベーターに乗っていた。

本当は今朝から始まっているショートフィルムの撮影に参加する予定だったが、営業担当の都合で百貨店イベントの会議を優先することになった。午後はスタジオに行けるし、郁人《いくと》には難波《なんば》が付いている、とはいえ落ち着かなかった。

無言のままエレベーターを降りたところで、スマホのバイブ音が聞こえた。俊のものではない。

「スタジオから電話だ」

藤間は、ジャケットから取り出したスマホ画面を見てそう言った。

「何かあったんですか?」

昼休みなんて取らずに荷物を持ってすぐスタジオに向かう気でいた俊は、まだ相手と何も話していない藤間にそんなことを聞いていた。

藤間は俊を一瞥《いちべつ》しただけで何も言わず、スマホを耳に当てる。

「藤間だ、今会議が終わってスタジオに――」

　俊は少しでも会話の内容を掴みたい一心で、思わず耳を澄ます。

　郁人とは、二週間前に大学で喧嘩《けんか》別れしたままだ。その後は、全体の打ち合わせでジュールたちもいる中で顔を合わせたが、お互い機械的に挨拶をしただけだった。

　用事は難波が連絡しているし、困ったことがあるという話も聞いていない。郁人とはもう一度ちゃんと話したかったが、タイミングを掴めないまま撮影当日になってしまった。

　おそらく一、二分にも満たない通話を終えた藤間は、特に慌てた様子もなく壁際に寄るように俊を手で誘導する。

「撮影が中止になった」

「中止!?　何があったんですか？」

　色々な想像が一気に頭を駆け巡り、血の気が引く。

「織田《おだ》君の調子が悪くて、ジュールがストップをかけた」

「調子って、体調不良ですか？」

　ジュールを始め彼のスタッフは、その都度日本とアメリカを行き来しないといけないこともあり、撮影を止めるなんてよっぽどだとしか思えない。

「病気や怪我《けが》じゃない。ジュールが織田君の演技に納得せず、全くＯＫを出さないらしい。シーンを変えて撮っても同じで、ジュールが今日は止めにすると言ったそうだ。難波や周りのスタッフは何が悪いのか分からないらしいが……キャストが二人しかいない今回は、撮影順を変えてどうにかできるものでもないからな。俺はスタジオに行って、今後の話をしてくる。汐瀬《しおせ》、君は社内に残れ」

「え？　私も行きます」

怪我や病気じゃないなら、精神的なものだという可能性が高い。郁人はきっと困っている。こんな時まで、彼から遠ざけられないといけないのだろうか。

「織田君のことは、難波に任せているだろう」

「ですが、彼にオーディションを受けるように頼んだ責任があります」

嫌がっていた郁人を、口説き落として連れてきたのは自分だ。

写真撮影は、オーディションの準備から見てきたが、動きのある撮影は初めてのはずだ。初めてがそんなことになって、今、彼はどんな気持ちでいるだろう。このまま辞めると言い出すかもしれない。

「汐瀬、その責任はチームで負うものだ。スケジュールを組み直す必要もあるだろう。何かあればスタジオから連絡する。それまでは、会議を踏まえた企画書の修正を進めてくれ」

「午後からは元々スタジオに行く予定でしたし、パソコンがあればどこででも対応できます」

この言い分は、間違っているだろうか。

藤間はすぐに答えず、探るように俊を見てくる。彼の考えを把握するには、自分は経験も能力も不足していると思わされる、そんな表情だ。

「それは、通常通り撮影が行われていたらの話だ。状況は変わった。何か社内で対応して欲しいことが出てくるかもしれない。難波は既にスタジオにいる、俺が残って君を行かせるわけにはいかないだろう」

「あっ……」

全くその通りだ。そんなことにも気付けなかった。

恥じ入る俊に、藤間は怒るでもなく淡々と告げた。

「俺はすぐに出るが、君はデスクに戻る前に鏡を見て来い」

藤間は化粧室のある方向へ顔を向けると、先に執務エリアへ戻っていった。

「はい……」

俊は仕方なく化粧室に向かった。

昼休み前だということもあり先客はいない。丸い洗面ボールが並んで埋め込まれた白い洗面台に両手をついて、俊は嫌々鏡を覗き込んだ。

自信満々の笑顔を浮かべていた店長だった自分とは、似ても似つかない自分がいた。不満、不安、焦り、色々なものが入り混じった顔は、目を背けたくなるものだった。

こんな自分は嫌だ。

でもすぐには元に戻れそうもなかった。会社に残る理由に納得はしたが、郁人のことが心配で、そばにいたいという思いは消せない。

「あ——喧嘩別れしたんだった」

中止になったことに気を取られて、頭からすっかり抜け落ちていた。郁人が前みたいに自分を頼って話してくれるかも分からない。

藤間はそのことも見越して、俊を同行させなかったのかもしれない。ただの考えすぎかもしれないが、実際、藤間がどれだけの物事を考え、先を見越して動いているのかなんて想像もつかない。

げっそりした難波が会社に戻って来たのは、夕方になってからだった。

「おかえり、一人？」

執務エリアの入り口付近のソファを陣取って帰りを待っていた俊は、難波を見るなり駆け寄って辺りを見渡した。

「藤間さんは織田君の恋人役の白石《しらいし》加恋《かれん》のマネに会いに行って、その後、ジュールのホテルへ行くそうです。織田君は無事、自宅に着いたと連絡もらってます」

「それで、何があったの？　郁人は大丈夫？」

俊は難波にデスクへ戻る隙《すき》も与えず、半ば引っ張るようにしてソファに座らせる。

一人で仕事をしている間、何度も郁人に連絡を入れようと思った。しかし、藤間にあれだけ言われた上、郁人も俊に腹を立てたままかもしれない。何度も彼から連絡がないかスマホを確認したし、メッセージも書いたが送信できなかった。

「撮影が始まるまでは、織田君、人形かってくらい無表情だし動かないし静かで、これまずいかもしれないってヒヤヒヤしてたんです。ジュールにもどうかしたのかって聞かれてましたけど、何もって答えてました。というか、そんなの汐瀬さんがいないからに決まってるんですけどね」

「いや、そうとは限らないよ」

大学での別れ際、郁人は俊に愛想を尽かしていた。単にもう、この仕事へのやる気を失《な》くしているのかもしれない。

「腹割って話していいっすか？」

「うん、勿論」

改まってなんだろう。

身構えてしまいながらも、俊は少し口角を上げて応じた。

「織田君、汐瀬さんのことめちゃ好きじゃないっすか」

難波は、それが周知の事実かのような口ぶりで話す。

「や、それはたまたま俺が最初に知り合った相手だからで――」

ドキリとしたが、難波は担当交代の件で藤間に抗議した自分のことも見ているので、今更という態度だった。

「いや、それは別にいいっていうか、でもよくはないからこうなってると思うんですけど、前回の撮影で一緒だった人は、織田君が汐瀬さんと話してるのを見てたわけで……だから朝から汐瀬さんがいなくて織田君がそんなふうだったんで、何事ってなったわけですよ」

「それは考え過ぎじゃない？」

　みんな、そこまで他の人を観察してないだろう――だと思いたい。

「考え過ぎじゃないですよ、スタッフたちの顔見せたかったです。みんな目配せしてました。今日はきついだろうなって」

　朝からそんなに変な空気だったのか。本当に郁人は自分がいないせいで、そんなふうに落ち込んでいたのだろうか。

　だから、続く難波の話は意外だった。

「でも、織田君、すごかったんですよ。何回言ったか忘れましたけど、本気で素人とは思えないです。カットソーと綿パンって、前のブルゾンに比べたら割とインパクトないですけど、あの子、色気がすごいっすね。カメラの前に立つと一瞬で変わるんっすよ。あと、やっぱジュール・カラドゥの服ってシルエットがよくて、男の俺でも身体のラインに惚《ほ》れ惚《ぼ》れしちゃって。白石さんは、織田君のスウェットをワンピースみたいにして着てるんですけど――」

　勢い込んで話す難波に、俊は戸惑いながら手を挙げた。

「待って待って、なんかいい感じに聞こえるけど？」

難波は大きく頷《うなず》く。

「はい、俺にはそう見えたんですよ。織田君、あんな美人が恋人役でも堂々としてて。カットがかかると一瞬で顔が死ぬのも、逆にすごいっす」

俊はわけが分からず眉を顰めた。

郁人がやる気を失くしても無理はない。今日までにモデルを辞めると言ってこないだろうかと、何度も思った。でも今の話を聞いたところ、どうやらそういうわけではないらしい。

もっと深刻な顔をしていると思っていたが、難波の様子からは、郁人を心配しているようには感じられない。

「ちゃんと演技できてたってことだよね？」

だったら、何が問題なのだろう。

「ええ、みんな、とても初めてとは思えないって大盛り上がりでした。朝一の織田君の顔見て、覚悟決めてたんで、これは行けるって一気に場が明るくなって……なったんですけどねぇ……」

難波は溜息をつくと横に置いていた荷物に手を突っ込み、一階のテナントに入っているカフェのトールサイズのフラペチーノを取り出した。

「飲んでいいっすか？」

「勿論だよ。それで、そこからなんで中止になったの？」

急かしてはいけないと思いつつ、俊はつい前のめりになってしまう。

難波はやけ酒ならぬ、やけフラペチーノをストローで一気にゴクゴク吸い上げると大きく息をついた。パイナップルと生クリームの香りがふわふわ漂っている。

「いや、みんないい感じだなって盛り上がってたんですけどね。だって、実際、めちゃくちゃうまいんですよ。仕事の付き合いで芝居とか映画を観る程度の俺だけじゃなくて、撮影クルーの方たちも同じ意見でした」

「じゃ、何で？」

難波は口をへの字に曲げて俊を見る。

「ジュールが……ジュールだけはニコリともしなくて。すぐカットカットって言ってずっと唸《うな》ってましたよ。わけ分かんなくて、みんなイライラうんざり——あ、今の聞かなかったことにしてください——織田君はちゃんとやってるのにって、気の毒がられてました」

「ジュールが？　なんで？　あれだけ郁人のこと気に入ってたのに」

前回の撮影までは、郁人が何をしてもジュールは嬉しそうで、それはもう骨抜き状態だった。

そのジュールが、郁人にそんな態度を取るなんて信じられない。

「全部聞いてたわけじゃないんすけど『その感情は本物じゃないだろ』『それは嘘《うそ》だ』って言ってたみたいです。でも、そんなこと言ったら演技だから全部そうだと思うんっすけど……」

「郁人は納得してた？」

難波は、すまなそうな顔をしてストローを噛んだ。

「織田君がどう思っていたかは……すみません。話聞きましょうかって言っても、いいですって言われるし、ドリンクや小さい扇風機を持っていてあげるくらいしかできないのに、それもいりませんって言われて……」

「そっか……郁人なりの気遣いかも」

郁人が難波の助けを拒んだのは、俊が、会社の人間にはできることが限られているから、事務所に入った方がいいという話をしたからかもしれない。

「あるかもっすね、織田君、故意に悪い態度は取らないですからね」

難波も分かってくれていたのか。俊はつい勢い込んで頷いた。

「そうなんだ。俺がずっとマネージャーみたいなことはできないって言ったせいかもしれない。藤間さんが事務所を紹介してくれるっていう話した時に」

合点がいったと、難波も頷く。

「ジュール・カラドゥの仕事って、俺も立ち上げは初なんでそれもあるかもしれませんけど、結構、他のブランドと業務内容違うんです。ここまでモデルに関わることもなかったんっすよね。だから、俺もどうしてあげるのがベストか分からなくて」

「うん……」

「そもそもジュールは何が気に入らないのか分かんないので、同じシーンばっかりやってることに、みんな不満たらたらで」

「どのシーンやってたの？」

ショートフィルムは、学生時代からの恋人同士の物語だ。夢を追う中で環境は変わっていきつつも、二人が節目節目で着てきた服と、共に分かち合う思い出をクロスしながら、かけがえのない日常を送る姿を描く。

「主人公がオーディションに敗れて、彼女に励まされるシーンです」

「本当に一番最初に予定してたところから撮れてないんだ……」

撮影が押すことは想定はしていたが、もしこれが続くとどうなってしまうんだろう。まさか、郁人がクビなんてことにならないだろうか。

「噂《うわさ》通り、ジュールはこだわりが酷《ひど》いってコソコソ言ってる人もいて、空気もどんどん悪くなって、キツイったらないっす」

うんざりだというふうに、難波は首を振った。

「大変だったね」

それでも俊はその場にいたかった。

今まであれほど可愛がってくれていたジュールの態度に、きっと郁人は困惑しただろう。一人落ち込んでいるかもしれないと思うと、すぐにでも彼に会いに行きたくて堪らなくなった。

「郁人、凹《へこ》んでた？　まさか、キレてないよね？」

「キレてはないですよ。険しい顔してましたけど。ジュールと長々と話してましたよ、通訳の人が訳そうとするといらないって二人だけで……」

丁寧に説明をしてくれている難波には申し訳なかったが、実際現場にいないと、やっぱり状況がよく分からない。

「白石さんも災難でしたよ。織田君を和ませようと話しかけてましたけど、当の本人は野良猫みたいにフイッと逃げてくんです」

「嘘だろ……彼女怒ってない？」

何やってるんだ。

愛想はよくなくても、郁人は礼儀を心得ているはずだ。よっぽど余裕を失くしているのか、それとも他に何か理由があるのだろうか。

「白石さんも織田君が初めてで年下って知ってるからか、緊張してるんだろうって心配してくれてました」

「優しい人でよかったな」

「ええ、本当に。あんな美人を雑に扱うなんて、織田君って、自分の顔見てるから美的感覚おかしくなってるんすかね。もしかして、女の人苦手とか？」

「さぁ、そこまでは知らなくて」

答えながら俊の頭には、食事に行った時、郁人が酔って同じ学校の子に振られたと言っていたことが浮かんでいた。男子校だよな、と思ったが――仮に彼がゲイだったとしても、イコールで女性が苦手とは限らない。

「そういう時は、愛想よくしろって注意しちゃって構わないと思うよ」

口答えをして不貞腐れるかもしれないが、聞く耳を持たないわけじゃない。だが、難波は大《おお》袈裟《げさ》に身を竦ませた。

「あんなCGみたいなイケメンに？　それは今日のメンタルではキャパオーバーっすね。そこそこのイケメンはいっぱい見てますけど、あの子だけは本当に綺麗すぎて怖い」

それで終わりじゃないんですよと、難波は絵文字みたいに顎を落として溜息をつく。

「極めつけは、白石さんを抱き締めていちゃいちゃするシーンなんですけど、何度も言いますけど、演技はすごくいい感じに見えてたんすよ。だけど、ちゃんと支えてあげないと不安定な体勢なのに、織田君、カットがかかった途端に手を離すから、彼女よろけてテーブルにぶつかっちゃって――」

「え、怪我させたの？」

次から次へと、ヒヤヒヤさせられる話ばかりだ。

「まぁアクシデントっちゃアクシデントなんで……痣《あざ》はできてると思いますけどね。でも彼女のマネが、その一件、愛想の悪さ、ジュールが撮影中止にしたこと、全部重なってモヤモヤしてたみたいで、それで藤間さん、謝罪に行ったんです」

「大事にならないといいけど」

　とはいえ、確実に郁人の心証は悪くなっているな。

　俊は膝に肘をついて、自分の顔を支える。

「多分、大丈夫ですよ。念のために直接話してくるって藤間さん言ってたんで」

「疲れてるのにごめん。話してくれてありがとう」

　ざっと聞いていただけでも、どっと疲労が襲って来た。難波がメンタルキャパオーバーと言いたくなる気持ちも理解できる。

「全然いいっすよ。こんなことあったら、俺だって話したいじゃないですか」

　溜息交じりに笑う難波を見ながら、俊は考えていた。

　難波は、自分が郁人と話したいと言っても気を悪くしないだろうか。しっかり担当範囲の線引きをして仕事をしたいタイプではなさそうだが、言われた仕事はしっかりこなすので、藤間が俊に郁人から離れろと言った以上、困らせてしまうかもしれない。

　そもそも、藤間にも相談しないといけないことじゃないだろうか。自分は、郁人に連絡を取って、自分だけができることがあると、この期に及んでまだ思っているのか。

　しかし実際、郁人が難波に心を開いているようには思えない。とはいえ、割って入るべきではないのかもしれないが、明日も撮影は続くのだ。

　できるだけつらい思いはさせたくない、明日をよい形で迎えさせてあげたいと思うのは、間違っているだろうか。

「……難波さん、俺からも郁人に連絡していいかな？」

「えっ、俺の許可なんていらないっすよ」

気にしないんでと、難波は手を振った。思った以上にあっさりしていることに戸惑った。

「でも担当は替わったわけだし、藤間さんには距離を置けって言われるから」

戸惑いが伝わったのか、難波も少し真剣な顔になる。

「適当に言ってるんじゃないっすよ。後でもう一度、織田君に連絡は入れようとは思ってましたけど、いきなり信頼関係が深まるわけじゃないんで。だったら、既に信頼関係がある汐瀬さんに、明日の撮影がうまくいくようフォローしてもらうのがいいと思います。藤間さんだって口をきくなって言ってるわけじゃないですし」

「ありがとう。そう言ってもらえると気が楽だよ」

俊は難波の肩をぽんと叩いた。本当に胸の閊《つか》えが一つ取れた。

「じゃ、今度焼肉でも奢《おご》ってください。二人で行ったら、俺、織田君に嫌われますね」

難波は質の悪いジョークを言う。この神経の図太さはなかなかだと、俊は苦笑した。

「話せたら、報告するね」

そう言って難波と別れると、俊は廊下に出て郁人に電話をかけた。

「えっ――」

呼び出し音は鳴らず、電源が入っていないというアナウンスが流れた。続けてかけ直すが、やっぱり同じで電話が繫《つな》がらない。

こんなことは初めてだった。

少し時間を置いて、再度かけ直しても変わらずだった。

難波は荷物を片付けて、既に帰宅していた。俊は、自分しか残っていない執務エリアのデスクで唇を噛む。

藤間か難波に連絡した方がいいだろうか。

自宅に帰った時に連絡があったと難波が言っていたので、数時間のことで右往左往するのも変かもしれない。ただ充電を忘れているだけということもあり得る。

「どうしよう」

でも郁人は繊細だし、難波の話を聞いた後だから心配で堪らない。

今度こそ本当に辞めるつもりになってしまっていたら——。

馬鹿みたいに着信をいくつも残すのと、帰りに寄ったのだと言って家に行くのと、どちらがマシだろう。

住所は分かっている。会社からタクシーで十分程なので、寄っても不自然な距離じゃない。怒ってるかもしれない、もう前のように話してくれないかもしれない。会ってくれるかも分からないが、それでも顔を見て、大丈夫かどうか確認したかった。

「行ってみるか……」

そう呟くと、俊は居ても立ってもいられなくなって会社を後にした。


緑に覆われた重厚なレンガ造りのマンションで、俊はタクシーを降りた。

「でか……」

こんな所に一人暮らしとは。

VIP以外は近寄るなというオーラに怯みながらエントランスに入ると、大理石の床に、シャンデリア、必要ないだろうという数のレザーのソファセットが並んでいた。

俊は受付で笑みを浮かべているコンシェルジュに名乗って部屋番号を告げる。ややあってエレベーターへ案内された。まるでホテルだ。エレベーターホールに入るまでにはカードキーがいるらしく、セキュリティはどこまでも厳重だ。

あんな別れ方をしたのに、郁人がすんなり通してくれたことにも驚きだが、この住環境にも驚きを隠せない。亡くなった祖父はどこまで金持ちだったんだろう。

「俊……」

目的の階に着くと、ホテルのように絨毯《じゅうたん》の敷かれた豪華で広々としたエレベーターホールに、困惑顔の郁人が待っていた。

不貞腐れた彼に悪態をつかれる覚悟はしていたが、彼は名前を呼んできただけで黙ってしまった。

「急に来てごめん、びっくりするよな。電話が繋がらなくて、電源が入ってないってアナウンスがずっと流れてるから心配になって。大丈夫?」

生活感のあるジャージ姿の郁人は、僅かに目を見開く。

「電話……ああ、見てなかった。充電切れたんだと思う」

「もしかして、寝てたとか?」

喧嘩別れのこともあるし気まずいが、郁人はどうなのだろう。彼の意識の半分は俊の存在に驚き戸惑い、もう半分はどこかここにあらずといった雰囲気だ。

「いや——ここじゃなんだし、来いよ」

郁人は、ポケットに手を突っ込んでそう促すと、さっさと俊に背を向け歩き出す。

「え、君んちに?　いいの?」

「嫌なら下で追い返してる」

少なくとも、話もしてくれない状態ではない。

俊は少しほっとして、郁人の後をついて行った。

厳重なセキュリティをくぐり抜けた時点でこれも分かっていたことだが、彼の部屋はとんでもなかった。玄関だけで俊の部屋が優に全部収まる広さがある。

内心、顎が外れそうなほど驚いていたが平静を装う。郁人はマンションとは思えない長く広い大理石の廊下を先導しながら、落ち着かなげに俊を振り返ってくる。

これはどういう反応だろう。家のことについて触れられたくないのか、撮影のことが気まずいのか、担当変更へのわだかまりか。あるいは全部なのか。

「適当に座って」

そう言って通された広々としたリビングは、曲線が美しいフロアライトだけが点《つ》いていて薄暗く、映画館のようなスクリーンがアイドリング状態だった。壁一面に備え付けられた棚は、映画のディスクで埋め尽くされていた。

座ってと言われた大きなL字型ソファの長辺には、その棚から取って来たのであろうディスクが半円状に散らばっていた。

「なんか飲む？」

「ううん。ありがとう。映画観てたの？」

「うん、まぁ……」

郁人は頷くと、元々座っていたらしいディスクの間にぽっかり空いた空間に胡坐《あぐら》をかいた。

俊も、少し離れた場所に腰を下ろさせてもらう。

「今日は何があったんだ？」

尋ねると、郁人はクッションを抱えて訝《いぶか》しげな視線を向けてくる。

「難波さんに聞いてこいって言われたのか？」

「まさか、違うよ。俺が難波さんに、君に連絡してもいいかって頼んだんだ。彼から話を聞いたけど、ジュール以外は、君はプロみたいに堂々としてて上手だって絶賛してたんだろ？　俺も見たかったよ」

俯《うつむ》いて溜息を漏らすと、そこに郁人の苛立ち紛れの溜息も重なった。

「あんなの、あんたに見られなくてよかった」

どうも話が食い違っているような印象を受ける。まさかとは思うが、俊は郁人に尋ねてみた。

「ジュールにそこまできつく言われたのか？　何か行き違いがあったってことはないの？」

すると、郁人は冗談だろと言いたげに目を見開いた。

「ジュールが不満なのは当然だろ」

「どういうこと？」

郁人は、ふかふかのクッションを無造作に脇に投げた。

「適当な……いや、違うな——これまでのテクニックで何とかなると思ったんだ。でも、ジュールには気付かれた。見様見真似じゃダメだって。でも、恋人がいる役はやったことなかったんだ……」

話している郁人は、考えることに集中していて気付いていないのかもしれないが、その言い方は、まるで彼は演技を知っているというふうに聞こえる。

郁人は素人じゃないんだ——でもそれを今追及して他の話が聞けなくなるのは困るので、俊は様子を見ることにした。

「ジュールがそう言ったのか？」

他の人間は気付いていなくても、ジュールは郁人が経験者だと確信を持ったのかもしれない。

郁人は俊の方を見ずに、ポツポツと話し始めた。

「本物の感情じゃないって。別の引き出しから出してきた、違う感情を繋ぎ合わせて作った、まがいものだって。そりゃ、全部が全部経験したことを演じるなんて無理だけど——人殺しとかさ。けど、恋人がいた経験って結構な割合で見てる側はあるんだよな。だからそんな嘘じゃ、かけがいのない時間は表現できてないって」

「引き出しって、人生経験とか感情ってこと？」

「うん」

郁人は素直に頷く。

暗に、実生活でも恋人がいた経験がないと言っているように聞こえるが——。俊は戸惑いながら郁人を見るが、彼は独り言のように話し続ける。

「ジュールは俺の引き出しが少な過ぎるって。でも仕方なかったんだ……少なくとも、仕方ないと思ってた。人付き合いとかコミュニケーションを、最低限にしたツケがまわってきたんだ。

相手役と演《や》って初めて分かった。そんなことも分かってなかった……こんなんじゃだめだ」

仕方なかったとは、どういう意味なんだろう。

でも到底、話をそっちへ持っていける雰囲気ではなかった。郁人は俊の方を見ていない。今は散乱したディスクに目を向け、悔しそうに唇に指の背を押し当てている。

「つっても、いきなり経験をドカンと増やすなんて無理だし、悪あがきで研究してた。ずっとサボってたくせに、高を括《くく》って思い上がってた俺はクソかっこ悪い。次はもっとうまくやる」

いつも俊を追っていた郁人の瞳は、全然こちらを見ていない。彼の瞳は、もっと先を見ていた。

俊はそんな彼の横顔を、驚きとともに食い入るように見詰め続けていた。

郁人は凹んでいるに違いない、辞めてしまうかもしれない、大学で喧嘩をした時点で立ち止まっているかもしれないと、彼のことを見くびっていたのだ。そんなことを思っていた自分の浅はかさ、驕《おご》りが恥ずかしかった。

郁人は今日の撮影で挫折を味わったのかもしれない。でも、仕事を投げ出そうなんて思っていないのは、その瞳を見れば明らかだった。真剣そのもので、強い意志が見て取れる。

たった一日の自分がそばにいなかった撮影で、郁人はこんなに変わった、それを見逃してしまった。

悔しい——俊は身を乗り出して郁人との距離を詰めると、相手の腕を掴んだ。

ていた。


「唇嚙むなって言っただろ」

コンポジを撮った時も、同じことをやっていたからクセなのだろう。

あの時、いや、ついさっきまでは郁人のことを庇護《ひご》してやらないといけない子どもだと思っていた。

でも違っていた、全然そんなことはなかった。

繊細そうに見えても、郁人の芯は強くて揺るがない。

出会った時から特別だったが、一目彼を見て驚いた時から、ずっと驚かされっぱなしだ。一体、彼の中にはどれほどの可能性が眠っているのだろう。

俊はまだ郁人の腕を摑んだまま、その驚きに引き摺《ず》られるようにして口を開いた。

「大学で話した時さ……俺は上司の言う通りに動くしかない自分のことが情けなくて、君に本音を言わなかった。もうどうでもいいかもしれないけど、難波さんと替わるのは嫌だったよ。君はこんなふうに自分の至らないと感じたことと正面から向き合ってるのに、今更だよな。でも、自分の未熟さを隠そうとしたことが恥ずかしい」

他でもない、立ち止まっていたのは自分の方だった。

「は？　なんで俺が聞いた時に言わなかったんだよ。どうでもいいわけないだろっ」

郁人は俊の手から自分の手を抜き去り、肩を叩いてきた。

でもそれは本当に非難している口調ではなく、いつものふざけた郁人だった。

「ごめん……当然、嫌だったよ。俺が君を無理に引っ張ってきたんだし、君が今後、芸能界で仕事をするにしてもしないにしても、うちでの仕事をいい経験だって言ってもらえるよう、そばにいるつもりだったから。認めたくないけどショックだった」

揶揄《からか》われるかもしれないと思ったが、郁人は真剣な顔に戻っていた。散らばっていた映画のディスクをざっと脇に除《の》け、郁人は俊の隣に移動してきた。

「実は、俺……ジュールに言われたんだ」

「何を？」

「君はママがいないと何もできないのかって」

一瞬、何の話か考えたあと、俊は自分のことを指差した。

「それ、俺のこと？」

俊が問うと、郁人はにやりと恥ずかし気に笑った。

「ママと遊びたくて来てたのかって。あいつ、容赦ないよな。でもジュールだけが俺の中途半端な芝居で、すごいなんて言わなかった。引き出しが少ないなら全部ひっくり返して、中身をよく見てみろってさ」

「え？　どういうこと？」

「これまでの経験や感情を、もっと細かく分析しろってことだろ」

「ジュールがそんなこと言ったんだ」

肩の触れそうな位置に座った郁人が、コクリと頷く。

「なんであんたがそんなこと知ってるんだってジュールに聞いたら、デザインもそうなんだって言ってた。行き詰まったら、自分の中に何があるのか細かく棚卸しして、いろんな角度から考えるんだって」

郁人はいかにも納得がいったという顔をしている。俊も言っていることは分かるが、郁人ほどは具体的なイメージがついていないと思う。

俊はそちら側の人間じゃない。

ジュールは芸術家だ、そして郁人もそうに違いない。でなければ、ジュールがここまで惚れ込んで、時間をかけるとは思えない。それに応えようとしている郁人とジュールの間には、まるで二人だけの共通言語があるように、オーディションの時から、どこか通じ合っているような雰囲気があった。

郁人を変えたのは、自分ではなくジュールだった——。

自分がちょっと目を離した隙に、ジュールは郁人の燻《くすぶ》っていた火を明るく燃え立たせた。

ひょっとすると、俊がすごいと思っている以上に、郁人は稀有《けう》な存在になり得る才能を持っているのかもしれない。

「俊」

俊は、郁人に呼ばれて顔を上げるが、いろんな感情が一気に駆け巡り息が詰まりそうだった。

「明日、みんなにちゃんと謝るよ。ジュールのせいじゃねぇのに誤解されてる。そういうの嫌いなんだ。藤間さんと難波さん、白石さんとも話す」

「そっか、うん。それはいいと思う」

俊は微笑みながらも、複雑な心境だった。

すごいことに関わっているのかもしれないという感動とともに、胸の中には場違いな悔しさもあった。これも驕りだろう。まだ驕るのかと自分に呆《あき》れてしまうが、郁人を変え、通じ合えるジュールに嫉妬《しっと》していた。

「あとさ――俺、あんたのこと、ママなんて思ってねぇから」

一段と真剣な目で俊を見詰め、最後に言うのがなぜそれなんだ。

郁人のことを遠く感じていた俊は、思わず気が抜けてクスッと笑った。

「そりゃママじゃないよな」

「そういう意味じゃ――まぁ、そうなんだけど」

何故か郁人は不満そうな顔をする。

知ってる表情を見て安心している自分がいる。郁人が変わっていく時、それを見ていられないのは嫌だ。

これまでも、彼を見ていたいと思っていた。でも、今はまた、その意味合いが自分の中で変わってきている。

郁人のことが、好きかもしれない。

どんどん変わっていく郁人に、驚かされてドキドキして、そして自分の至らなさにまで気付かされる。

そんな存在と出会うことなんて、そうあるものじゃない。

だから、郁人が変わっていく姿を見ていたい。

でも好きだなんて、そんなことがあっていいのだろうか。

「なんか時間取っちゃって、却《かえ》って悪かったよ。明日の準備もあるだろうし帰るよ」

散乱している映画のディスクに目を向けた。やる気になっている郁人の邪魔はしたくない。

「俊――」

混乱した気持ちとともに立ち上がると、後ろから郁人に手首を握られた。そのままグイッと彼の方に引き寄せられる。

「えっ……」

体温を感じるほど近い。

心臓がバクバクと音を立てる。

一体、郁人は何を考えて――。

逃げ出したいような、でも嫌じゃない、どうしていいのか分からない状況に頬が熱くなるのを感じていると、郁人が決然と口を開いた。

「前にあんた言っただろ、俺がモデルでよかったって思わせて欲しいって。俺のこと見ててくれ、ただ見るだけだっていいから。絶対によかったって思わせてやるから」

「うん……見てるよ。俺は君のこと、ちゃんと見てるから」

熱っぽい視線が、じっと俊を捉《とら》えている。

特別な意味があるんじゃないかと誤解しそうだ。息をするのも忘れそうなほど、摑まれた手と熱い瞳に、全神経が集中していく。

もし彼が、過去にあった何かと向き合わないといけなくなった時が来たら、その時も自分はそばにいるつもりだ。

でもそれはまだ言葉にせず、彼の家を後にした。

帰りのタクシーに揺られながら、俊はふと思った。

藤間は、こうなることまで考えていたのだろうか。

「まさか……」

そこまではとも思うが、でもあのまま自分が一緒にいたら、きっと郁人を庇《かば》ったり余計な世話を焼いたりしていたのは間違いない。

郁人が自ら気付きを得る機会は先延ばしになってしまい、自分以外の人間からも知らず知らずのうちに遠ざけていたかもしれない。そうやって郁人を守っていると思い込んでいたら、自分はもっと勘違いしていい気になっていたかもしれない。

自分も藤間と話した方がよさそうだ。

結局、彼の判断は正しかった。俊は今になって、ようやく「距離が近い」が何を意味していたのかに気が付いた。

自分も変わっていかないと——どんどん変わっていく郁人に、置いて行かれないように。

翌朝、俊《しゅん》はこの間と同じ元倉庫のスタジオで、SNS用の写真を撮っていた。

プレスチームの面々は、郁人《いくと》やジュールたちより早く到着し、まだクーラーが利ききっていないスタジオでそれぞれの仕事を行っている。

「柳《やなぎ》さん、トップスもボトムもモノトーンなので、思いっきりクールに撮るのもいいかなと思ったんですけど、こんな感じで窓の外の青空を活《い》かして、ハンガーに吊《つ》るすのはどうですか？」

俊はスマホを手に、そばにいた彼女の意見を請いに行った。

ラフに塗《ぬ》られたスタジオの漆喰《しっくい》壁を活かした郁人演じる主人公の部屋のセットも、程よく写り込んでいる。

「うん、私は好き。SNS受けもよさそう。お菓子コラボみたいにカラフルとはいかないけど、色があった方が目立つと思う」

　自身もカラフルな模様のパンツに、ジュールのシャツをルーズな感じに着こなしている柳が、タブレットを弄《いじ》りながら言う。

「でも、ちなみにですね、汐瀬《しおせ》さん個人のアカウント、今確認したところ三万人を突破しました！　まだアカウント開設から二カ月半ほどなのに、これってすごくない？　まぁ、前から人気だったもんね」

　んふふと笑った柳は、藤間《とうま》と難波《なんば》にタブレットを見せた。

「それはすごい。思ったより早いペースで増えているな」

「まじっすか！　おめでとうございます！」

　藤間は俊を信じてくれているからこその発言なのだろうが、嬉《うれ》しい反面、難波の反応の方がプレッシャーは少ない。

「汐瀬さんの写真以外もちゃんと好評で、ジュール・カラドゥのオープンまでのお仕事紹介、モデル公開までの煽《あお》りもいい感じ。惜しみなくバンバン、コンテンツを出してく――シンプルだけど地道で確かな私の計画もなかなかでしょ」

　数を打てば当たるわけでもないが、今後もどんどん写真や動画を投稿する予定だ。今日も、今撮影していたコーディネート写真の他、撮影レポ動画、ジュール、郁人、白石《しらいし》へのインタビューも行う予定だ。

「ふむ、ここまでも柳の予想と大きなズレがないところを見ると、ジュール・カラドゥがオープンすれば、ブランドアカウントに関しても、うちで一位のコスモクローゼットをすぐに超えるな」

藤間は感心したように目を見開く。

「まだブランドのオープン前なのに、すごいっすよ！」

難波も目を丸くしている。

「何といってもジュール・カラドゥですから」

俊は笑顔で応えたが、以前のような自信はなかった。

服を売っていた時は、自分の実力だという手ごたえがあった。SNSも努力はしてきたが、幸運が重なって注目されたという気持ちが大きい。ジュール・カラドゥに異動になってからは、自身の名前のアカウントができたが、柳をはじめチームの面々と一緒に作っている。個人のものだという感覚はない。

SNSについてみんなと話をしていると、今朝もバイクでやってきたらしい郁人が、ヘルメットを小脇に抱えてスタジオに現れた。

「おはようございます」

いつもなら、郁人はすぐ俊を相手に相好を崩すが、今日は神妙な面持ちでスタジオ内に目を向けた。

撮影が中止になったことで、みんなが郁人を気にかけていたこともあるかもしれない。だが、彼は視線だけで自分の話を聞かせる空気を作った。

決して俊のように気さくなわけでも、誰とでも打ち解けるタイプでもない。けれど、その存在感と彼が纏《まと》う空気には、真似《まね》のできない何かがある。

「昨日はご迷惑をおかけしました」

静まり返ったスタジオで、郁人はそう言い頭を下げた。

最初に応えたのは藤間だった。

「構わないですよ。今日の織田《おだ》君の顔を見てほっとしました」

他のプレスチームの面々や撮影クルーたちも、藤間と同じ気持ちだろう。郁人が現場に来ないのではと、心配していた人も一人や二人ではないと思う。現場を見ていない俊ですら、昨日郁人と話すまではそう思っていた。

「でも撮影は中止になりました。皆さん、誤解しているかもしれませんが、ジュールの言う通り俺の芝居がよくなかったせいです」

きつい言葉を覚悟していたのだろう、郁人は解《げ》せないという顔だ。

そんな郁人に対して、藤間はどこか教え諭すように、でも不思議と嫌味な感じは一切出さずに続けた。

「迷惑ではありません。それが我々の仕事です」

「俺がまともな芝居をしていれば――」

「君は故意に手を抜き、出来を悪くしようと思ったわけではないですよね？」

　藤間は、穏やかに郁人の言葉を遮る。

「当たり前です」

　何故《なぜ》か郁人は最初から藤間を快く思っていなかったようだが、愁眉《しゅうび》を開き毒気を抜かれたように素直だ。

「我々もそう思っています。みんな同じ目標を成し遂げるために、ここにいるんです。君がもっと違う顔でスタジオに来ていたら、こんな話をしても届かなかったかもしれませんが、今なら分かるんじゃないですか？」

「え……」

　年相応の戸惑いを見せ立ち竦《すく》んでいる郁人に、藤間が軽く微笑《ほほえ》んでみせる。

「今の君なら、仕事を成し遂げるためにこの場にいるという部分においては、我々を信用して自分の仕事に集中できるんじゃないですか？」

　その言葉にハッと息を飲んだのは郁人だけじゃない、俊もだった。

　藤間はこれまでほとんど郁人と個人的に接したことはないはずだ。それでも、一番そばにいて親しくしていた俊と同じくらい、仕事に必要な部分においては郁人の不信感や問題を把握しているようだ。

「分かります……分かりました」

郁人は一度頷《うなず》き、ややあって再度深く頷いた。憑《つ》き物が落ちたような顔をしている。

ああ、そうか。

俊は二人のやり取りを黙って見ていて、改めて気が付いた。

仕事をするということにおいて、同じ目標に向かっているというのは暗黙の了解というか言わずもがなだ。だから、俊はあまり深く考えたことがなかった。

でも、郁人はそうじゃなかったんだな。

店舗に立っていた時、同じブランドの服が好きだというだけで、生活スタイルや年齢、互いの立場を知らないお客様とも楽しい時間は過ごせるし話も弾んだ。

同じように、相手のすべてを知らなくても同じゴールを目指すことでは繋《つな》がれる。人には色々な面があって、それぞれの時間の流れもあって、いつも寄り添っていられるわけじゃない。

でも、そんな一時的な繋がりだって悪くない。

それに気付いた郁人はもっと仕事が楽しくなるし、得るものだって多くなるだろう。

自身の思考に没入していた俊は、郁人に視線を戻す。

家族や恋人なら、どんな時でも共に歩めるかもしれないけれど……。仕事みたいに、同じ土俵で何かを成し遂げたり分かち合ったりする機会はなかった。

藤間と話し終えた郁人は、スタッフに囲まれている。スタッフたちの顔を見れば、藤間と同じ思いでこの場に集っているのは明らかだった。

ふいに郁人の視線が彷徨《さまよ》い、俊の上で止まる。

俊はそれを受け止め、微笑んで頷いた。

自分はここで、ちゃんと郁人を見ているから。

その時、後ろから「グッモーニン」と声をかけられて俊はハッとして振り返った。

「ジュールっ」

いつの間に現れたのか、ジュールが含みのある笑みを浮かべていた。

『何をそんなに驚いてるんだい？　驚きたいのはこっちだ』

『え？』

『僕のこだわりが強いせいで中止になったと思わせておけばいいのに。イクトは要領が悪いというか、真《ま》っ直《す》ぐだな』

誤解されようがなんだろうが、自身の中にこれまでの実績や才能という錨《いかり》があって揺らぐことのないジュールは強い。自分がどう思われているかも分かっていて、そんなことでは全くダメージは被《かぶ》らないのだというさっぱりした笑顔だ。

それどころか、郁人を見るジュールのヘーゼル色の瞳は、嬉しそうに輝いている。

俊はほっとした。郁人がお気に入りであることは、全く変わっていない。

一度懐に入れた相手には意外と甘い、というより、ジュールはそれほど確信を持って郁人のことを選んだのだろう。

ジュールは「コーヒーを取ってくる」と言って、スタジオの後ろの差し入れや飲み物などを置いているテーブルに向かった。

俊もそれに便乗してジュールについて行くと、近くに誰もいないことを確認して小声で尋ねた。

『イクトに……過去、演技の経験があったかどうか、ご存知ですか？』

あったに違いないと思っているが、郁人が意図的に隠している以上、無理に聞き出す気にはなれなかった。

昨日二人で話してから、機会を見てジュールは何か知っているのか、聞いてみようと思っていたのだ。

でも空振りだったらしい。ジュールは軽く肩を竦めた。

『過去のことは知らないよ。人殺しじゃなければどうでもいいさ。それに過去も何も、彼はまだ二十歳のベイビーじゃないか、シュン』

おかしなことを言うねというように、ジュールは口元を緩めた。

隠し事をしているとも思えない。もし郁人から何か聞いていたとしても、勝手にそれを俊に話す人ではないが、もっと別の答え方をするだろう。

だとしても、まだ疑問が残る。

『では、どうして昨日、イクトの演技が本調子じゃないと思ったんですか？』

『イクトの役は、恋をしている男だからね。君も見ていれば分かったはずだよ』

ジュールは、さも当然だと言わんばかりの顔だ。

『分からなかったと思います。私は演技のことは詳しくないので』

撮影クルーたち、現場を見てきた経験も多い難波も分からないものが、俊に分かるとは思えない。恋愛は見ている人の多くが経験しているから誤魔化せないと郁人が言っていたが、周りが分かっていなかったのなら、それもおかしくないだろうか。

だがジュールは口角を上げたまま、ゆるゆると首を横に振ると訳知り顔で言う。

『昨日、イクトと会ったんだろう？』

『え？　ご存知なんですか？』

俊は目を瞬《しばたた》いた。藤間にもまだ報告できていないのに。

ショートフィルムの撮影が始まる前に、ＳＮＳ用の写真を撮ってしまおうという流れだったので、落ち着いて話せるタイミングを見計らっていたのだ。

『聞いたわけじゃないさ、勘だよ』

ジュールは謎を残したまま、テーブルを離れて行った。

「汐瀬さん、そろそろ動画の準備しましょっか。一個、確認したいこともあったんだ」

柳に声をかけられ、俊は残っていたコーヒーを飲み干した。

そうだ、郁人のことは難波が担当している。自分の仕事は、ＳＮＳ用のいい素材をできるだけ多く集めて持ち帰ることだ。

そうこうしているうちに、衣装メイクを済ませた郁人と白石がスタジオに戻って来た。

郁人は黒いカットソーに綿のゆったりしたパンツ、白石は郁人の服を着ている設定なので、ガバガバのスウェットをミニワンピースのように着て長い脚を露《あら》わにしている。

女優との身長差があまりに大きいと、体格差ばかりが目についてしまうので相手役を選ぶ上で、身長はかなり考慮に入れたらしい。

リップラインまで伸びた前髪をゆるやかに波打たせ、形のいい額を露わにしている黒髪ロングヘアの彼女は二十五歳、身長は俊と同じ百七十三センチ、クールな顔立ちのモデルだ。ここ数年、演技の仕事もやっている。

「あの二人、お似合いいね。本当に付き合ってるって言われても納得だわ」

一緒に彼らを見ていた柳が、感嘆の声を上げる。

「そうですね」

口ではそう言っても、自然に笑みを浮かべるのが難しい。うまくいっているのは本当にいいことなのに、俊は明らかにモヤモヤしていた。

俊のいる場所からは、郁人と白石が何を話しているのか分からないが、少なくとも昨日のわだかまりはなさそうだ。セットのソファに座った白石は笑顔で郁人に話しかけ、彼もちゃんと受け答えをしている。

「二十六歳の役だよね。織田君、違和感なさ過ぎて笑っちゃう」

「ええ、私も最初それくらいの年齢だと思ってました」

郁人の役は、最大の理解者である大学時代からの彼女と一緒に住みながら、音楽の夢を追っている青年だ。日本上陸記念のショートフィルムは、十五分という異例の長さだがその分、話題性はあるだろう。

彼らの関係も服の魅力も、本物なので色褪《いろあ》せない、をテーマに二人で過ごす大切な時間を共にする服にフォーカスを当てながら、カップルの日常を丁寧に描く。

割と、いや、結構、二人の密着度は高い。

俊は柳と一緒に、セットのそばへ移動した。自身の仕事もあるが、ここまできて郁人の演技をじっくり見ずにいられるわけがない。

『いいかい、イクト、このシーンは、君がオーディションに落ちて帰って来た後だ。彼女は君を励まそうと、大学時代、初めて一夜を共にした時に貸してあげたスウェットを着て、セクシーに登場する。君は、当時、彼女に夢を語った気持ちを思い出し、変わらずそばにいてくれる彼女の存在を更に愛《いと》おしく思うんだ』

ジュールはそうシーンの説明をし、合図を出した。

真剣に話を聞いていた郁人の表情が、サッと切り替わるのが分かった。

郁人は隣に腰を下ろした白石の肩に腕をまわし、そこが世界一落ち着く場所であるかのように彼女の髪にぴったりと頬を寄せた。

「……」

俊は息苦しさを感じて胸に手をやった。

二人がソファで寄り添って語らう様子は、演技だと分かっていても深く愛し合うカップルにしか見えない。

一人の撮影では、クールを具現化したような郁人だったが、今日は白石を相手に終始リラックスしきった表情を見せている。白石を見る視線は、もしかして本当に彼女に惚《ほ》れたのかというほど熱っぽい。

俊は真っ直ぐ彼らを見ていられなくなり、途中で少し目を逸《そ》らしてしまった。

なんで——二十八にもなって初心《うぶ》なわけじゃない。

よく知っていると思っていた相手の、知らない一面を見たからだろうか。

いや、だから自分はそんなに初心じゃないし、郁人が白石の腰を抱こうが顔に触れようが、演技なのだ。友達カップルがイチャイチャしていても平気で一緒に遊ぶし、いちいちそんなことを気にしたこともない。

郁人の手が、彼女の腕を撫《な》で下ろし手首を擦《さす》る。

俊の頭に浮かんだのは、昨夜、手首を摑《つか》んできて自分を見ていてくれといった郁人だ。思い出すと、ドキリとし甘い痺《しび》れが指先にまで走る。

郁人のことを好きだとは思ったけれど、苦しくなったりドキドキしたり感情が揺れるなんて。もしかして……自分は郁人を、恋愛の意味で好きなのか。

俊が愕然《がくぜん》としていると、監督席にいたジュールが声を上げた。

『カット！　オーサム！　二人とも最高だ』

ジュールは満面の笑みを浮かべている。興奮して座っていられないのか、立ち上がって捲《まく》し立てた。

水を打ったように静まり返っていたスタッフたちも、手を叩《たた》いて喜んだ。

『イクト、正直ここまで立て直してくるとは思わなかった。いきなりどうしたって言うんだ、SNSやオープニングパーティーで流すには、ちょっと刺激が強過ぎる』

冗談めかしたジュールの言葉にスタッフたちも笑い、でも素晴らしかったと口々に感想を言い合っている。

「びっくりして私がNG出しそうになっちゃった。ジュールは、あなたがここまでできるって知ってたのね！」

白石は頬を染めてそう言った。表情が和らぐと、途端に可愛《かわい》らしくなる。美しく気さくな彼女は、郁人の目にはどう映っているのだろう。

郁人は照れているのだろうか、でも、まんざらではない笑顔を白石に向けているように見えてしまう。

難波の話だと、昨日はカットがかかったらすぐに離れたというのに、郁人は白石と身体《からだ》が触れ合う位置に座ったままだ。

もう少し離れたらいいのに。

こんなことを考えるなんて、どうかしている。

昨日現場にいた人間のジュールへのわだかまりも、これで完全に解けただろう。この和気あいあいとした雰囲気を、もっと楽しむべきなのに。

「すごいっすね、織田君。昨日も完璧だと思ってましたけど、昨日が上手《うま》い、だったら今日は、あの二人？　芝居じゃないっしょ、本当のカップル連れてきたんでしょ！　って確信するやつですね。今日の見た後では、昨日との違いは歴然っしたっ！」

藤間と共にこちらにやってきた難波の言ったことは、他のスタッフたちの言葉を代表しているようだ。

「汐瀬、ちょっといいか？」

一方、いつも通りの藤間は、目線で俊を廊下へと促した。

周りに人がいない方がいい話で思い当たるのは、昨日郁人に会いに行ったことだ。でも難波の様子を見るに、その件は話してなさそうだが――。

しかし話していたとしても、難波を悪くは思わない。報告は早いに越したことはない、そんなのは、何でも基本中の基本だ。

そもそも難波だけじゃなく、藤間にも相談してから会いに行くべきだった。でもあの時は急いでいたし、白石のマネージャーに会っていた藤間と、すぐに連絡がついたとは限らない。

いや、そんなのは言い訳だ。行くなと言われたくなかったのだ。

「汐瀬、昨日、織田君と会ったのか？」

廊下に出ると予想通りの質問をされて、俊は顔を強張《こわば》らせた。

「はい。すみません、後で話そうと思っていました。郁人のスマホに電源が入ってなくて繋がらなかったので、心配になったんです」

怒られることは覚悟で、俊は言い訳めいたことを口にしていた。

どうして郁人のことになると、単純な判断をミスってしまうんだろう。これ以上、郁人から引き離されたくないという不安から、タイミングを完全に逸《いっ》してしまった。

「口をきくなとは言ってないだろう。会うのも話すのも構わないが、仕事に関係する場合は相談、報告して欲しかった」

藤間は、ただ真っ直ぐに俊を見詰めてくる。頭ごなしに怒られるより言葉に重みを感じるから、却《かえ》って自分の至らなさを感じた。

「申し訳ありませんでした。ですが、彼と話をして、藤間さんの意図が分かったように思いました」

順序や報告のタイミングは誤ってしまったが、昨日のことは後悔していない。

「意図？」

正解を言うかどうか、藤間は試すように聞いてくる。

「親しくなり過ぎてはよくないということです。彼と誰かの間に私が入り続けていたら、彼の成長の足手纏いになっていたと思います」

百パーセントの正解ではなかったようだ。

藤間は眉を軽く動かす。

「織田君だけではなく、君にとってもだ。何度も言っているが、君はジュール・カラドゥのプレスだ。マネージャー業ではなくプレスとしての経験を積んで欲しい」

「はい、勿論《もちろん》です。だからこそ、ブランドの成功のため、彼に力を発揮して欲しくて……でも仰《おっしゃ》る通り、途中から行き過ぎてしまいました」

あと一歩二歩で、バランスを失うところだった。郁人と距離を置き、その変化を見たことでこうやって過ちには気付けた。

でも、仕事に持ち込んではいけない感情にも気付いてしまった。

藤間に語ったことは本心だが、郁人に会いたい、引き離されたくないという思いを優先して行動してしまった、演技なのに嫉妬《しっと》してしまった。

どう考えたって、こんなの普通の好きじゃない。

「月並みな言葉だが、失敗しない人間はいない。それ自体は悪いことではない。さっき織田君にも同じような話をしたが、君に悪意やいい加減な気持ちがないのは分かっている。だから途中で躓《つまず》いても、今はいい方向へ行っているじゃないか」

藤間の表情が柔らかくなる。

いかにもやり手といった藤間の雰囲気から、最近自分の至らなさもあって彼の前では固くなってしまいがちだったが、きっと藤間のような人が本当に優しい人なんだなと思う。

「あ、ありがとうございます」

少し胸が熱くなりながら微笑んだ。これ以上、自分の仕事に支障をきたすような真似も、この尊敬する上司の期待に背くようなこともしたくない。

それに——郁人は、自分の世界を広げようとし始めたばかりだ。

別に悲観しているわけじゃない。ただ世界が広まれば付き合いも増えるわけで、彼が俊以外と親しくするのも遠ざかっていくのも自然なことだ。

スタジオ内に戻ると、白石とジュールと一緒に談笑していた郁人が俊の元へやってきた。

「俺どうだった？　よかった？」

俊に向けられる無邪気な顔は、手ごたえを感じていて誇らしげでキラキラしている。先ほどまでの色気たっぷりな大人の雰囲気は、すっかり影を潜めている。

「すごくよかったよ」

俊は心を込めてそう返した。

でも色々複雑な思いがそこに重なり、思ったほど勢いのない言葉に終わった。本当にすごいと思ったし、だからこそ嫉妬なんてしてしまっているのだ。

郁人は少し首を傾《かし》げ、目を細めると俊との距離を詰めてきた。

「本当か？　ちゃんと見てたか？」

一気に不貞腐《ふてくさ》れ始めた郁人を前にして、俊は少し優越感を覚えてしまった。彼にとって俊の感想はまだ大切なのだ。

そんな自分は、本当にどうかしてるとしか言いようがない。

「本当だよ、嘘《うそ》ついてどうするんだ」

俊は、できるだけいつも通り微笑んだ。でもしっかりと郁人を意識してしまった今、どんな顔をしていいのか分からない。これまで会った中で一番美しいとは思っていたが、スッと整った目に見詰められると、眩暈《めまい》がしそうだ。

「具合でも悪いのか？」

郁人が手の甲を顔に近付けてくるので、俊は焦って仰《の》け反《ぞ》った。彼の顔が途端に曇る。

「違う違う、演技までこんなにできるって……できないことはないのか？　普通にびっくりするだろ、驚き過ぎてわけわかんないんだって」

割と苦労せず感情の切り替えができていたから、いざ隠そうとするとうまくいかない。それとも、演技のできる郁人なら見抜けてしまうのかもしれない。

「だったらいいけど」

郁人は、ふっくらした唇を少し尖《とが》らせる。気をよくしつつも、まだ腑《ふ》に落ちないといった様子だが、前回の撮影の時みたいに、俊を執拗《しつよう》に小突くような子どもっぽい真似はしない。

「本当だって」

俊は、郁人のカットソーの裾を整えてやった。彼の手を避けた埋め合わせみたいに。セットの外で直しても仕方ないかもしれないが、周りに人がいる中で他にできそうなことはなかった。

「ほら、セットに戻りなよ」

折角、藤間もいい方向に進んでいると言ってくれたのに、悪目立ちしたくない。それでも郁人は、まだ渋っている様子だ。一朝一夕には変わらないところがあっても仕方ない。

「分かった。見てろよ？」

郁人のひたむきな眼差《まなざ》しに、胸が熱くなる。俊は今度こそ、自然な気持ちで微笑んだ。ママはいらないいんじゃなかったのか。

「見てるよ」

「うん」

頷いた郁人は、俊の腰をポンポンと叩いてジュールや白石の所へ戻って行った。

腰を摑めそうな彼の大きな手、自分よりも高い体温――。

自分の考えていることに愕然とした。二十歳の男のことを、こんなふうに意識するなんて。

郁人に、恋してるんだ。

他に考えようがないのに、自分の感じていることが信じられない。

だって相手が悪過ぎる。

男に恋をしたことはなかった。それだけならありだとしても、郁人はこの間まで十代だったのだ。いくら大人びていても、歳《とし》が離れ過ぎている。しかも、彼はこれからきっと多くの人が知ることになる才能の持ち主だ。

こんな思いが育っちゃいけない。

気持ちを切り替えて、いい仕事をすることだけを考えよう。ままならないことなんて、生きていたらいくらでもあるのだから。

# 6

　年末も近付き、ライセンス商品のラインナップが確定した。どんなデザインにも合う真っ白なプレスルームのハンガーラックとシェルフには、ジュール・カラドゥの新作が過不足なく完璧に収められている。

「動画をご覧いただいている皆さん、ジュール・カラドゥのプレス、汐瀬俊《しおせしゅん》です。今日はプレスルームを紹介しながら、ゲストとコーディネート対決をします」

　俊がにっこり笑った後、撮影担当の柳《やなぎ》がカメラを動かしてプレスルームをぐるりと映す。

　ゲストとは勿論、郁人《いくと》のことだ。

　二月一日、各種ＳＮＳで郁人をブランドモデルとしてお披露目する。この動画も、これまで撮影してきた写真やインタビューと同様に、お披露目後に公開していくものの一つだ。

「それでは、素敵なゲストに登場していただきましょう！」

　ジュールは抜きで、二人で日本語の動画を撮るのは初めてだ。どういう距離感で接すればいいのだろうと、延々考えていた。

もし、動画を見た人に郁人への気持ちを勘繰られたりしたらと思うと、余計にどうすればいいのか分からなくなる。

恋心は断ち切ろう、そう思っているが一緒に仕事をしている限り関係は続く。断ち切らないといけないという言葉すら、もう上滑りしてしまっている気がする。

「織田《おだ》君」

少し迷った挙句、日本語だし名字で呼びかけた。

予め決めてあった立ち位置にやってきた郁人は、カメラに向かって挨拶をするはずだが、何故か不満そうに俊を見ている。

「挨拶をお願いします」

ショートフィルムの撮影もインタビューもこなしてきて、今更緊張しているわけでもないだろう。

「なんで、名字で呼ぶんだ？　なんで他人行儀なわけ？　そういう設定か？」

「え？」

カメラがまわってるのに、なんでこいつは思ったことをそのまま口にするんだ。

信じられないが、ちょっと面白い。

録画を止めて、ちゃんと決めておいた方がいいだろうか。

撮影中の柳と、郁人のマネージャー代わりでもある難波《なんば》の様子を窺《うかが》うと、二人共が腕で丸のポーズを取っている。しかも楽しそうだ。

「じゃ、素でいこっか。郁人、自己紹介」

俊は気を取り直して、できるだけいつも通りを意識して笑う。郁人のことを意識する前のいつもがどんな感じだったか、正直思い出せないのだが。

「織田郁人です」

「それだけ？」

郁人は俊の方を向き、またカメラの方を向く。

「ジュール・カラドゥのモデルです」

「普段は大学生だよね」

「うん」

「うんじゃ、会話が弾まないじゃん」

少しキュンとした。

「素でいいって言うから」

大人びたクールな見た目とのギャップが、確かにこれは可愛いかもしれない。

ややグダグダで始まった動画撮影だが、難波と柳の評判は上々だった。

「私、織田君が一緒に更衣室に入ろうとしたところで笑っちゃった」

「にしても、見事にクール系と可愛い系に分かれたのもよかったっすね」

「汐瀬さんのコーデはさすがだけど、織田君が汐瀬さんに選んだ白いシャツのダボダボ感も可愛かったわよ」

プレスルームのすぐ横に置いてある打ち合わせ用の丸テーブルに移動し、撮ったばかりの動画を確認しながら、みんな思い思いの感想を述べていた。

俊は郁人の横に座り、SNSにアップする写真を選んでいた。お決まりの自撮り、プレスルームの写真、まだ着用画像はアップできないので、郁人に選んだ全身黒のコーデは平置き画像だけだ。重くなり過ぎないよう、肌の露出や小物のバランスを計算した。

「モデル発表後が楽しみだね、君を見た人はみんなファンになるよ」

「あんたも?」

郁人は、また若干ズレたことを聞いてくる。

「何言ってんだよ、俺はファン第一号じゃん」

だからオーディションを受けるように口説いたのだ。そう考えれば、元々、彼の顔立ちやらなにやらは、自分の好みだったのかもしれない。

「女の子たちにもキャーキャー言われるわよ」

「間違いないっす」

柳も難波もコクコク頷く。

「はぁ、興味ないです」

照れでも何でもなく、素で郁人はそう返す。

今日も、叫びたくなるほどかっこよかった。サンプル品を見た時から、郁人に似合うと思っていた服を今回着てもらうことができて、ひっくり返りそうになった。

着替えてしまう前に並んで撮ってもらった写真は、後でじっくり見返してしまいそうだ。

「人気者になっても、俺たちのこと忘れるなよ」

俊は冗談めかして本音を口にした。

「当たり前だろ、なんで忘れるんだ？」

郁人は、心外だと言わんばかりに俊の肩を小突いてくる。

ふっとモヤモヤが軽くなるのが分かった。自分は、そんなに単純だっただろうか。

「あれ？」

ＳＮＳを開くと、朝アップした私服写真の投稿に、かなりの数のコメントが入っているのに気が付いた。通知は全て切っているので、開いて見るまで分からなかった。

「どうかしたか？」

郁人がスマホを覗《のぞ》き込んでくる。

「あっこらっ」

隠そうとした時にはもう遅かった。

「何なんだよ、これ」

俊のスマホを奪った郁人が眉を顰《ひそ》める。難波と柳も席を立って郁人の後ろから、スマホを覗き込んできた。

「よくあるんだって」

並んでいるのは、俊を中傷するコメントだ。

「は？　あり得ねぇんだけど。『彼女と一緒に買い物に行ったら寝とられた』『真面目を装ってるけど、素は全然違うナルシスト』『俺も女寝とられる話は聞いたことある』『盛れるまで後輩に写真撮らせ続ける。そのせいで残業も増えてしんどいって言ってる奴《やつ》がいた』まだあるけど、読むか？　これのどこがよくあることなんだよ？　いつもより酷《ひど》いじゃん」

郁人は怖い顔で声を荒らげた。

「いや、君が知らないだけで、これまでもそういうのはあったし」

俊は郁人を落ち着かせようと笑って見せた。

「俺、あんたのSNSは見てるけど、ここまで酷くなかった」

「うん、これはちょっと酷いんじゃない？　やたら具体的な嘘になってるじゃない」

柳は深刻そうな顔でそう言った。

確かにこれまでは、『このレベルで有名になれるんだ？』『チビじゃん』『ナルシスト』『裏で遊んでそう』とか、広い心で見ると個人の感想のようなものだった。

「しかも、ジュール・カラドゥのアカウントには攻撃してないですね。汐瀬さんの個人アカウントだけじゃないっすか」

比較的楽観視してくれそうな難波まで、自分のスマホを取り出して怖い顔をしている。

そうなのだ、同じような投稿を複数の媒体で行っているが、個人アカウント以外にはそういったコメントは入っていない。

郁人は舌打ちし、自分のスマホを取り出す。

「あんたが言い返さないなら、俺がアカウント作って――」

「だめだ」

「だめっす」

「やめなさい」

俊だけでなく、柳、難波もおよその郁人の性格は分かっているので慌てて止めた。

「織田君とSNSの相性、最悪だと思う。焼け野原になる未来しか見えないから」

柳は両手を開いて全力でストップをかける。

「だったら――」

郁人は柳にまで怒りのボルテージが上がった状態のまま話すので、俊は慌てて腕を掴んだ。

「落ち着けって。こんなのすぐ止《や》むから。馬鹿の相手をしたって仕方ないだろ？　くだらない奴らなんかに時間を割かなくても、放っておけばすぐに飽きるって」

なんでもないのだとアピールするため、にこにこ笑って言ったが、それが逆効果だった。郁人の顔つきは、更に険しくなる。

「だから、あんたはなんでそうやってヘラヘラしてんだよ」

「一回のことでそんなに騒ぐなって。様子を見るから、な？　頼むよ」

怒りが収まらない様子の郁人を、難波と柳がそれぞれの仕事に戻った後、およそ三十分かけて、俊はなんとか宥《なだ》めすかした。

「前にも言っただろ、君がそうやって怒ってくれるだけでいいんだ」

不貞腐れたまま、渋々引き下がってくれた郁人に俊は心からそう告げた。

たとえ、それが郁人の真っ直ぐさや世間知らずゆえだとしても、やっぱり自分のために怒ってくれる人がいるのは心強くて嬉しい。

これまでの誹謗《ひぼう》中傷とは傾向が違っているけれど、SNS上で喧嘩《けんか》をする気もないし、会社を巻き込んで法的な対応を取るほど大袈裟《おおげさ》にする必要があるとも思えない。これまで通り、静観していればいい。

俊は本気でそう思っていたのだった。


年末年始の休暇も終わった平日の真昼間、俊は郁人とプレスチームの面々と一緒に都内のスタジオにいた。

既にウェブサイトはオープンし、残すは二月のモデル発表、三月の店舗オープンだ。東京《とうきょう》、名古屋《なごや》、大阪《おおさか》のデパートで、郁人とミニトークショーを行う。今日は、そのための宣材写真を撮りに来たのだ。

バーをイメージしたセット、赤い艶やかなカウンターに凭《もた》れかかっている郁人の後ろで、銀のスツールに座った俊は、かれこれ三十分ほど笑顔を作っている。

顔が引き攣《つ》りそうだ。

「汐瀬君、もうちょっと肩の力抜いて、リラックスした感じで」

初めて一緒になる髭《ひげ》を蓄えたカメラマンは、自身の顔を指差しニッコリして見せてくる。

「はい、すみません」

ゆったりしたTシャツ、綿のセミワイドパンツに遊び心のあるベルト、デザイン、生地、着心地、どれをとっても言うことなしのジュール・カラドゥのライセンス商品を身に着けている。

自然に笑顔になりそうなものなのだが、どうもうまくいかなかった。

はっきり言って郁人と同じ写真におさまるなんて、場違いな気がして仕方ない。自分が見劣りするのは最初から分かり切っていたし、どうでもいい。ジュール・カラドゥのためにやっているだけだ。

でも、本当にこれが役に立つのだろうか。

この写真をアップした時、SNSに書かれるのはこうだ、『よく隣に並べたな』『公開処刑じゃん』『うわ、チビ』、間違っていない自信がある。

意図せず溜息が漏《も》れる、と肘をトンと叩かれた。

「擽《くすぐ》って笑わせてやろうか？」

振り返ってそう言ってきた郁人は、前後アシンメトリーのTシャツ、膝上にデザインが入ったテーパードパンツを穿《は》いている。俊の暖色系のコーディネートとは異なり、黒とグレーのシックなイメージで揃《そろ》えている。

「無理、絶対やるな」

大袈裟に嫌そうにしてみせながら、俊は内心ときめいていた。

ふざけているけれど、もしかしなくても、郁人は自分をリラックスさせようとしてくれている。好きでいてはいけないのに、こんな優しさや気遣いは甘い毒だ。

シャッター音が繰り返し鳴っている中、郁人が急に振り返って身を乗り出すと顔を近付けてきた。

「なぁ、あんたのSNS、いい加減に――」

「撮影中だっ」

「次、織田君がカウンターの後ろに行って、汐瀬君は手前の椅子で」

カメラマンの指示が入る。

「けど、俊──」

「郁人」

俊はそれ以上喋《しゃべ》るのが憚《はばか》られたため、ポーズを変える合間に自身の唇に人差し指を当てて郁人を黙らせようとした。

「だから、小声で言ってんじゃん。俺は──」

「今話すことじゃない。メッセでも大丈夫だって返信しただろ？」

ジュール・カラドゥと俊の各種ＳＮＳでは、郁人のシルエットやパーツ、俊との身長差も見せていて、モデル発表までの期待は、最高潮に高まっている。そんな時に、不快なことで時間を取りたくない。

「あんた写真馴《な》れしてるのに、今日はやりづらそうだし元気ないじゃん。色々言われまくってる中で、イベントとか出るの嫌じゃないか？」

郁人はシャッター音の合間に、撮影用の表情とはチグハグな気遣いに満ちた声で話を投げてくる。

「心配は嬉しいよ、でも仕事に集中したいんだ」

俊も彼の真似をして、早口で撮影の邪魔にならないように答える。

ジュールお気に入りの三白眼が、じっと見上げてくる。

本当に平気なのか、彼の瞳は無言でそう問うてくる。

相手が郁人に決まる前から、モデルと一緒にイベントに出ることや露出することは決まっていた。なのに、今は確かに乗り気というわけじゃない。

やっぱり、増えた誹謗中傷のせいなのだろうか。

「平気そうじゃないから言ってんだけど」

絡みついてくるような郁人の強い視線に、心の内を見透かされそうでドキドキする。この場合は、どっちだろう。彼への気持ちを知られるんじゃないだろうかという不安なのか、この場に立っていることへの疑問の方なのか。

いや、今に始まったことじゃない誹謗中傷で、自分の考えが揺らぐとは思えない。

「君たち、ちょっと近いな、離れて離れて」

二人の会話が聞こえていないカメラマンは、面白がって笑う。

「すみませんっ——本当に平気だから、な」

カメラマンに謝罪して、郁人に声をかける。郁人は胡乱《うろん》げな目を向けてきたが、溜息をついた後、一瞬で撮影用の表情に戻った。

モニターのそばには、ジュールに撮って出しの写真を転送している藤間《とうま》を始め、柳や難波、他のスタッフたちもいる。ジュールは、ライセンス商品の方が一段落したため一旦アメリカに帰っている。

ジュール・カラドゥジャパンのサイトもオープンしたし、二月になれば晴れて郁人をブランドモデルとしてお披露目する。

せっかく郁人もショートフィルム、ルックブック他、順調に仕事をこなしてきたのに、また鳥井《とりい》の時みたいに気持ちを乱して欲しくないし、難波に担当が替わった時のように揉《も》めたくもない。

それから三十分程度で、なんとか撮影は終わった。

さっさとメイクを落として、オフィスに戻りたい。郁人と一緒に、凝った肩を動かしながら更衣室に戻ると、タブレットを手にしていた柳が目を見開いた。

「なんなのこれ！」

「うわっ、え、どうしたんすか？」

隣にいた難波はまず柳の大声に驚き、タブレットを覗き込むと息を飲んだ。

二人は自分たちの方を見てくる。

また悪口か、今度は何なんだ。

郁人はうんざりしている俊を追い越し、スタスタと柳たちの元へ向かうと手を差し出した。

「見せてください」

俊は郁人を追いかけるが、藤間の方が早かった。彼は郁人と柳たちの間に割って入る。

「見るのは構いませんが、こちらで対応します」

「酷くなる一方じゃないですか」

郁人は、藤間と同じく静かなトーンで彼に詰め寄る。

以前なら暴れていただろうから、随分大人になったとは思う。でも、彼が真っ直ぐなのは変わらない。勿論、その融通の利かなさが彼の魅力でもあるのだが。

「郁人、誹謗中傷は全部、俺の個人アカウント宛てなんだ。だから、様子を見たいって俺が言ったんだ」

そんなことは聞き飽きたと言いたげに、郁人は呆《あき》れた顔をする。

「あんたがその調子だから、藤間さんに頼んでるんだ！」

「ちょっと！　揉めてる場合じゃないからっ」

声を荒らげた柳と、難波が困惑に満ちた顔でこちらを見ている。

最近、自分の誹謗中傷のことで彼らにも色々心配されてきたから、俊は二人が見ているのは自分だと思っていた。

でも違った。

柳と難波が見ているのは、郁人だ。

まるで知らない人を見るような目で、彼を見ている。

一体、どういうことなんだ。

「見せてみろ」

藤間は柳に手を差し出し、タブレットを受け取る。彼はそれを何度かスクロールした後、眉を顰めて顔を上げた。

「織田君がモデルだとリークされた」

「えっ⁉」

藤間からタブレットをまわされた俊は、思わずそれを落っことしそうになった。

「この写真って……なんでこんなものが……」

写真に写っているのは確かに自分たちで、自分が向かい合った郁人の髪に触れているものだ。撮られていることなんて知らない自分たちは自然体の笑顔で、やたら親密そうに見える。

『これがモデル。こいつらデキてるんじゃ？　男も女も両方いけるんだな』

そんな文章が、写真と共に投稿されていた。

一気に血の気が引いて、頭にズンと痛みが走る。

まずは変な誤解をされないようにと、俊は考えの纏まらないまま口を開いた。

「あり得ません……念のため言っておきますが私たちは――」

「ショートフィルムのロケの時だろう、衣装を見れば分かる。俺たちはな」

藤間が溜息交じりに答えた。

彼の知り合いが所有している別荘を借り、その森みたいな広い庭で行ったロケの写真だ。プライベートなものではない。でも、何も知らない人が見た場合、上半身のクローズアップ写真からそんなことは読み取れない。

郁人の隣にはショートフィルムの相手役である白石《しらいし》が、俊の隣には難波がいた。たまたま郁人の髪の乱れに気付いて直しただけで、やましいことは本当になかった。

「私有地ですし、ロケ地は関係者しか知らないはずです。なんでこんなものが……」

人型シルエットの初期設定アイコン、意味不明な英数字が羅列されたＩＤ、明らかに捨てアカウントから、投稿されている。

見ず知らずの悪意を持った誰かから、公開前の情報が社外に漏れてしまった。

散々、モデルの発表に向けて色々温めてきたのに……。

呆然《ぼうぜん》としている間にも、どんどん拡散され、表示されている数字は増えていく。

「下の書き込みも見たか？」

藤間が尋ねてくるが、その視線は柳や難波と同じく郁人に向けられていた。

横から画面をスクロールした郁人の指が跳ね、ハッと息を飲む音が聞こえる。

俊はわけが分からず、画面をただ凝視していた。

その投稿には、三人の写真が並んでいた。

隠し撮りの郁人だけを切り抜いた写真が一枚。

後の二枚のうち一枚は、映画監督の高遠雅嗣《たかとおまさし》だ。世界で最も有名な日本人の一人だろう。日本のみならず海外の映画賞にもノミネートされたり、受賞したりしている。四十代半ば、俳優顔負けのワイルドなイケメンで、作品は勿論だが、スッと整った涼やかな目元が海外では大人

気だ。

もう一人は女性で二十歳そこそこ。けれど、彼女の着ている服から、二十年ほど前の写真だと分かる。彼女の名は、七瀬宏美《ななせひろみ》——高遠監督と結婚し引退した元女優。人形のような整った顔立ち、繊細さと媚《こ》びない意志の強さを感じさせる独特の魅力を持った人だ。

この二人が、郁人の両親だと書いてある。

『七光り』

『何が無名の新人だよ、親が超有名じゃん』

『オーディションで選んだって？　デキレースじゃん、完璧仕込み』

そんなコメントが、どんどん流れ込んでくる。

ずっと郁人には何かあるのだろうとは思っていた。

でも、こんな流出した写真を元に、見ず知らずの誰かが書いた記事について、彼に真偽を尋ねるなんてしたくなかった。

「郁人……」

俊は、見上げた郁人の顔が青くなっているのを見て、先の言葉に詰まった。

「これは本当ですか？」

代わりに尋ねたのは藤間だった。

みんなの視線が郁人に集まる。

ガセネタなら、彼がこんなに動揺するはずがない。

驚いたなんてものじゃないが、恐らくこの記事に書かれていることは本当なのだろう。それなら、これまでの色々な違和感にも合点がいく。業界のことを多少なりとも知っているなら、いつまでも隠しておけないことも分かっていたはずだ。

あのマンション、高級な物に囲まれた生活、両親の不在、驚くべき才能と美貌《びぼう》――。

高遠雅嗣と七瀬宏美は、離婚している。

詳しいことは覚えていないが、当時、結構なスキャンダルになっていたはずと思う。高遠は年中撮影で飛びまわっていて、七瀬は離婚後、海外に住んでいるらしい。

「郁人？　大丈夫か？」

俊は思わず彼の腕に触れていた。心構えはあったろうにこれだけ動揺しているのだ、少しでも落ち着かせてやりたかった。

「あ、ああ……すみません、少し時間をもらってもいいですか？」

郁人は、らしくないしおらしい態度で呟《つぶや》いた。

「いいよ、先に着替えておいで」

俊は言ってしまってから、藤間と難波に判断を委ねるべきだったと気付く。

「織田君、そうしましょう」

難波も気遣って、着替え用のカーテンの方へ郁人を促した。郁人が俯《うつむ》いたままカーテンを閉めると、藤間がジェスチャーで外に出るように促した。

「難波、柳、スタッフたちへの対応を頼む。汐瀬、一緒に来てくれ」

二人で廊下に出ると、俊は聞かれるまでもなく口を開いた。

「知りませんでした。身元調査の時に、分からなかったんでしょうか？」

「反社会組織絡みや犯罪歴、経歴の詐称の有無については調べるが……時間も限られている中だ、余程のことがない限り、形式的な調査しかしない」

声や仕草にあまり変化はないが、藤間にとっても当然予想外のことだ。深刻な空気が伝わってくる。俊もどこから考えていいのか分からない。

「あの、ジュールには――」

「連絡した。格好がつかないが、できるだけ早く対策を決めて、モデルの発表をする方向になるだろうな」

それにしても、郁人は何故、両親のことを話してくれなかったのだろう。

「すみません、織田君来てませんか？」

難波が、焦った顔で駆け寄ってきた。

「来てないよ、なんで？」

俊は、嫌な予感がしながら聞き返す。

息を切らした柳が走ってくる。

「織田君のバイクがなくなってる、帰っちゃったんじゃ……」

「えっ――」

嘘だろ、黙って帰ったのか。

そんなことをしたら、逃げていると思われてしまう。一体、郁人は何を考えているのだろう。

俊は心配でどうにかなりそうだった。


リーク事件から三日が経《た》った。

俊は荒れていくSNSを、ただ何もできずに見ているしかなかった。

話を聞いたジュールは、予定を調整して日本にやって来た。空港からオフィスに直行した彼とプレスチームの面々は、陽《ひ》が落ちつつある会議室に浮かない顔で集まっていた。

『それで、イクトは今どこに？』

『分からない、ジュール、本当にこんなことになってすまない』

椅子に腰掛けるのと同時のジュールの第一声に、藤間は首を横に振った。彼は藤間の答えに納得せず、俊に問いかけるように眉を上げる。

『シュンも彼の居場所に心当たりはないのか？』

ジュールは焦《じ》れたように手を動かす。

『連絡がつかないんです。家にも行きましたが、不在としか。ジュール、本当に申し訳ございません。イクトの両親のこと、全く知らなくて……』

俊は、自分の言葉をそのまま日本語でも繰り返した。今回は一緒に郁人のマンションに行った難波が、隣でコクコクと頷く。

コンシェルジュからは、郁人はいないとしか教えてもらえなかった。それは当然だが、彼らが本当のことを言っているのか、どこまで郁人の状況を知っているのかは分からない。

『確かに手垢《てあか》のついていない新人がいいと頼んだ、リークもされた。でも済んだことだ』

ジュールは計画がこんな形でとん挫したことにも、郁人が新人ではあっても誰もが知る有名監督の子だという派手な色付きでも、もうどうでもいいという雰囲気だ。

心配はしてくれるとは思っていたが、仕事なのだから苦言は呈されると思っていた。でもジュールは、ただ郁人を案じてくれている。

俊も気が気じゃない。

だって、もう三日も経つのだ。

何度もかけた郁人のスマホは、既に電源が切れてしまっていた。

『緊急連絡先は？』

ジュールは、組んだ手をテーブルの上で開いた。

『昨日、イクトのおばあ様に電話を入れました。ですが、お手伝いさんが出て伝言すると言われて、それきりです』

郁人の祖母は不在だったのか、電話には出ないことにしているのかも分からなかった。俊は、あまりにも淡々としたお手伝いさんとやらの態度に愕然とした。

決めつけてはいけないが、孫のことなのに心配にならないのだろうか。郁人が大切にされていないんじゃないだろうかと、胸が痛んだ。

『そうか、僕は日本で暫《しばら》くイクトを待つことにするよ』

ジュールは肩を落とす。

いくらフットワークが軽いといっても、ジュールは多忙を極める身だ。その面持ちから、郁人のことが心配でたまらないという思いが伝わってくる。

『身動きできない状態が続いていて、本当に申し訳ない』

もし郁人とこのまま連絡が取れなかったり、辞めると言い出したりしないかと藤間は懸念し、今のままではモデルの発表はできないと判断したのだ。

でも、それは万が一のことであって、郁人が辞めるはずがない。

始めた頃ならまだしも、彼は本気で仕事に向き合い打ち込んでいた。しかもブランドのオープンまで二カ月を切った今になって、辞めるなんてあり得ない。

それまで黙っていた柳が、おずおずと切り出した。

「誹謗中傷に関しては、見つけ次第、通報しています。やっと少し落ち着いてきましたが、最初は数が本当に多くて……ジュールご本人にまで被害が及んでしまって……」

それを藤間が通訳しているのを聞きながら、俊は思った。

これまで自分たちの存在を知らなかった人たちまでもが、軽い気持ちで拡散させ、ネガティブなコメントをし、適当な見解が事実のように広まっていく。

三日目になった今でも、新たに拡散させる人もいれば、ずっと情報を追っている人もいる。けれど大多数の人たちは、自身が指先一つで拡散の一助を担ったことなど、すぐに忘れる。

ジュールや郁人、そして自分たちチームのこれまでの努力や苦労がその向こうにあるなんて、気に留めやしないのだろう。

ジュールは、藤間の通訳を聞き終わると、『ミキ』と優しく柳に呼びかけた。

『有名人の二世を使うなんて、自信がないんだろとか売名行為だとか、そういった書き込みのことかな?』

日本では無名の、と形容詞が付いたジュール・カラドゥのまとめサイトまでできている。どこの誰だか知らないが、暇にもほどがあるだろう。

『無名のモデルだと触れ込んでいて、ミスター・タカトーの子だったということになれば、売名だと言われても仕方ない。そんな意見が出ない方がおかしい。ポジティブなものではないのは確かだが、驚くことじゃない。君が気に病むことじゃない』

ジュールはただ事実を述べているだけといった様子で、怒りや焦りは感じられない。

『ありがとうございます』

柳は胸に手を当てて、通訳担当の藤間とジュールを代わる代わる見た。ほんの僅《わず》かに目が赤い。

日本を代表する有名監督と一世を風靡《ふうび》した女優が絡んでいることもあり、ネットニュースや一部ＴＶでも取り上げられた。当然、会社の電話やメール、ＳＮＳのＤＭにも多数の問い合わせが来ている。

不祥事を起こしたわけでもない一アパレルブランドが、なかなか経験することのない荒波に巻き込まれてしまったのだから、柳にとっても荷が重いのは同じだろう。

『イクトが何か抱えていることは分かっていました。分かっていて、気乗りしない彼にオーディションを勧めたのは私です。後悔はしていませんが、皆さんにご迷惑をかけてしまったことは、申し訳なく思っています』

自分が違和感を放置せずに、突き詰めて聞いていれば――。

郁人が話したくないならと深追いせずにいたのは、彼の気持ちを考えれば正解だった。でも、仕事としては放置すべきことではなかったのだ。

柳と難波は、眼差しで俊のせいではないと訴えてくるが、とてもそうは思えなかった。

『ああ、今後、このようなことがないように、仕事の進め方や情報管理について見直す。ただ、一つ気になっていることがある』

　一旦言葉を切った藤間が珍しく言い淀《よど》んで、ジュールと視線を交わす。

『これはブランドへの攻撃というより、君への私怨によるものだという気がしてならない。君のことも心配している』

　俊はゆるゆると頭を振った。

　分からない。

　こんな目に遭わされるようなことなんてしていない。

『私は平気です。何も後ろめたいことはありませんし、恨まれるような心当たりもないんです』

　誰かを傷付けようなんて思ったことはないし、仕事もフェアにやってきた。

　ジュールは、テーブルを指でトントンと叩く。

『写真への、あのコメントは君への嫌がらせだ。記事が出たのは後だ。イクトが目的なら、分ける必要はないだろう。僕もトーマと同じで君のことも心配だ』

　藤間の通訳で遅れてジュールの言葉を理解した難波と柳は、落ち着かなげに居ずまいを正した。

「元々の汐瀬さんへの嫌がらせと関係あるんでしょうかね」

　難波が言ったことは、俊も疑問に思っている。これまでの誹謗中傷だって、捨てアカウントの裏にいるのは複数の人間なのか、同一人物なのか――。

その後も暫く話し合ったが、郁人と連絡が取れない以上、あまりできることはなかった。

『トーマがいる間は、何か進展はないか待ってみる』

ジュールは、そういって小さな会議室に移動してパソコンを抱えていた。

藤間たちよりも一足早く会社を出た俊は、家に着くなり入ってきた着信にドキリとした。

半畳程度の小さな玄関で、ずっと手に持ちっぱなしだったスマホを確認する。

「あ……」

郁人じゃなかったことに拍子抜けしながら、通話ボタンを押した。

『もしもし、俊？　もう仕事終わったん？』

兵庫《ひょうご》県の実家の母親からだった。

いつもの台詞《せりふ》にホッとしながら、ブーツを脱ぐ。

両親ももう六十を超えているので、離れているだけに心配もある。とはいえ、基本的に活発な人たちで、弟と一緒に苺《いちご》農園を営んでいる。

「うん、今帰ったところ。どうしたん？」

宅配便で実家から何かが届いた時、誕生日、大型休暇の前の電話は恒例だが、今日はそのどれでもない。

『なんか、えらいことになってるみたいやん』

「え？」

『ネットでなんか言われてるって聞いてんけど』

終わった、親にまで広まっているのか。

俊はその場で座り込んだ。

歳《とし》だからではない、俊の家族は自分と二つしか違わない弟も含めて、みんなSNSには疎い。

「大丈夫やって、よくあることやねん」

弟が友達から聞いてきた、一丁目の佐藤《さとう》さんから写真を見せられた、とおろおろしている母親の声を聞いていると不思議な感覚がしてきた。

これまでは、ファッションが好きな人たちやSNSに詳しい人たちに知られている程度だった。それが数日とはいえ、自分の写真が、デート現場だと勘違いされている写真が、コミュニティの壁を越えて日本全国に広まってしまったら、こんなことになるのだ。

『会社員やのに、SNSなんか辞めさせてもらうわけにいかんの？　無理してへんか？』

「してないよ」

『あの綺麗《きれい》な人、高遠雅嗣の子なん？　そんな人と、どこで知り合ったん？　けど男やろ？』

郁人が女に見えるわけないだろうに。

俊は矢継ぎ早の質問に、どう答えればいいやら頭を抱えた。

彼とどうにかなる可能性はないが、これはこれでつらい。

見知らぬ人たちが、「デキてる」に様々な反応を寄越したが、好意的なものは少ない。それが現実だ。

予想外でも何でもない、凹《へこ》むに値しない。暇つぶしやストレス発散、ちょっとした日常の刺激として、たまたま恰好《かっこう》の的になっただけだ。

「あれはな、撮影中の写真やから。モデルの髪が乱れてたのを直しただけや。撮影した動画、流れたら衣装やって分かるし――噂《うわさ》なんて嘘《うそ》やねんから、心配せんでええねんって」

関西弁に戻ってこんな話をしていると、意図せず口調がきつくなってしまう。

ポンポン話をしていた母親が、ピタリと静かになった。

『アホ、心配するに決まってるやろ。お父さんやって、わざわざ電話せんで俊から話してくんの待ったらって言ってるけど、しょっちゅうスマホ見てるで。自分の息子が傷付けられて、心配せん親がどこにおんねん。あんたがよくても、私らはよくないわっ』

「……ごめん」

そんなことは分かっているつもりだった。

でもここにきて、今までとは違う感覚に襲われた。

心がじわりと嫌な感じに重い。

まるで、自分が両親を傷付けているみたいな気がする。

「会社に対応してもらってる。ちょっと日数はかかるけど、大丈夫やから」

一体、どこで間違ったのだろう。

電話を切った後も、罪悪感のようなモヤモヤした気持ちが一向にましにならなかった。

とても夕食を食べる気分ではなかったが、週末に茹《ゆ》でておいたほうれん草の残りと豆腐を温めたものを胃に納めて風呂に入り、ひんやりとしたベッドの中で身を丸めた。

定石通りやってきた。

いつもポジティブに明るく、楽しく、感じよく――そもそも、根に持つタイプじゃないし、仕方ないことに声を上げて印象を悪くしたくない。

笑顔でいることが称賛されるし、それでいい。

くだらないことをする相手なんかに、時間を割くだけ無駄だ。放って置けば、また次の獲物を見つける。

でも郁人は――彼はポジティブというのとはちょっと違うし、夏以降少しマシになったがふてぶてしいし、すぐに不貞腐れる。

彼はどうしようもないことにも、自分よりキャリアも年齢も上の相手にも、正面から真っ直ぐ突っ込んでいく。

けれど、それで彼の印象が悪くなったことはなかった。

寧《むし》ろ、その真っ直ぐさが郁人のチャームポイントというか、彼のそういうところに胸の奥がチリチリとする。

彼は偽りのない本物の感情で相手に向かっていくから、相手も同じ物を持っているなら、ちゃんとそれが届くのだ。

「連絡して来いよ……」

いつもなら、すぐに体温でベッドが暖かくなり眠りに誘われる。でも今夜は、いつまで経っても心地よさは訪れなかった。

仕事を終えて自宅に帰る道中も、ずっとスマホを握りっぱなしだった。バイブが鳴らなくても、数分と置かずに画面を確認してしまう。その度に、連絡が取れないという現実を突きつけられるようで、胸が苦しくなる。

だって、もう四日も経つのだ。なんでこんなことに……。

自宅の最寄り駅に着いて、改札を出てすぐの信号に差し掛かった時だった。

「わっ……」

待ち望んでいた着信画面が現れ、一人なのに思わず声を上げてしまった。

「郁人っ、大丈夫か？」

やっと電話が繋がった。色々な感情が洪水のように押しよせ、手も声も震える。

『本当ごめん、悪かった』

「なんで連絡してこないんだよ、心配してたんだぞっ」

いつも通りのように聞こえる郁人の声に、安堵《あんど》していいのだろうか。まだ分からない。

『こんなつもりじゃなかったんだって。急いでて、スマホを家に忘れて行ってた』

呻《うめ》くような声からは、かなり申し訳ないと思っていることが伝わってきた。

でも、三日と半日スマホを忘れ続けるとは、どういう意味なんだ。さっぱり分からない。

「今どこにいるんだ?」

『うちに帰って来たところ。この間の件、説明するから時間をもらえないか。でも先に、あんたと二人で話したい』

俊も同じ気持ちだった。

「今から君んちに行っていい?」

尋ねながらも、回れ右して出てきたばかりの改札に向かっていた。

藤間や難波への報告や許可、仕事のことすらあまり考えていなかったかもしれない。俊が知りたいのは、ただ郁人が今どうしているか、どんな顔をしているかだ。

電車に揺られながら、さっき電話で話した時の郁人の声を思い出す。彼が落ち込んでいなかったか、今後どうする気でいるのか、そもそもなんでいきなりいなくなったのかを想像してみるが、少し声を聞いたからといって分かるものじゃなかった。

物々しいマンションに着くと、前と同じ手順を踏んで郁人の部屋に入れてもらった。

リビングに通してくれた郁人は、極上のカシミアであろう白いセーターに身を包んでいる。

彼はもっと困惑していると思っていたが、普段と変わらないように見えた。

「大丈夫なのか？」

促されるまま、例の大きなソファに並んで腰を下ろす。

「何があったんだよ？　黙って帰った上に連絡が取れなくなったら、びっくりするだろ」

俊は黙ったままの郁人の両腕を掴む。

郁人は何かを恐れているように、ゆっくりと俊に視線を合わせた。そして、覚悟を決めたように切り出す。

「親父《おやじ》に会って来た」

「高遠監督のこと？」

「――ああ」

やっぱりそうなんだ。

今更、違うという答えが返ってくるとは思っていなかったが、本人から聞くと――いや、どうなんだろう――郁人は郁人のままで、何も変わって見えないことの方に、自分は驚いているのかもしれない。

「でも身辺調査では、そんな情報はなかった」

「じいさんのことは、調査で挙がってきてるだろ？」

郁人は何食わぬ顔で言った。

「ああ。君の母方で元財閥一族の実業家で、お兄さんは政治家——君にとっては大伯父さんか。その程度だけど」

もう亡くなっていることもあり、詳しい情報はなかった。ちなみに、父親に関する情報は最初からなかった。

「母親や俺について、詮索されるのを嫌ってたんだ。体裁が悪いとか鬱陶《うっとう》しいんだろ」

それがどういう意味なのか気付くのに、少々時間がかかった。

「情報が出ないように、手を回してるってこと？　そんなことできるの？」

郁人は肩を竦めた。

「なんでも話すような関係じゃないんだ。母さんが父さんと結婚するのに大反対だったらしいし、俺は嫌ってた男の子どもでもある。日本に帰って来てから、高校出るまで世話になってたけど。だから具体的なことは知らないし、知りたくもない。今回の写真のことは、防げなかったみたいだな」

まるで現実感のない話だ。でもそれについて聞くより、今はもっと大事なことがある。

「とりあえず、分かったことにしておくよ。それより、なんでいきなりいなくなったまま、連絡してこなかったんだ」

「急いでて、スマホを忘れていった」

さっきと同じだ。それじゃ答えになっていない。

「ネットはどこでもあるだろ？　連絡先分からなくても、俺のSNSにDMして――」

「アカウントがないとできないだろ？　あんたたちもしない方がいいって言った」

そうだった。アカウントを持っていないんだった。それどころか、そもそも今時珍しいほど、スマホにも無頓着だから、充電が切れるまで放置するし忘れもするんだろう。俊の感覚ではあり得ないことだ。

「だからって、今日で四日目だぞっ。帰ったら連絡できるだろ？」

「カンボジアに行ってた。向こうで親父が、それこそ電波の届かない場所にロケに出てて待たされて、今日帰ってきたんだ」

「え？」

予期せぬ単語に、俊は眉を上げた。

「親父が映画の撮影で行ってるんだ。あいつ、撮ってる間、連絡は人任せでスマホ持たないからマネージャー経由で、込み入った話もできねぇし、直接会いに来いって言われて」

「で、カンボジアまで？」

嘘だろう。海外なんて卒業旅行以来行っていない俊にしてみれば、突拍子もないことこの上ない。

「プノンペンまで六時間程度だ。着いてから時間食ったけど。親父は映画撮る度にあちこちでロケしてるから、距離の感覚がおかしいのかもしれない」

郁人は呆れたように目をまわす。

俊にしてみれば、郁人も同じようなものだ。飛行機、宿代、普通は色々なことを考えるものだし、そういった意味でも話に来いと言われて、簡単に行く距離ではない。

どんな感覚なんだと詰め寄りたいところだが、郁人は真剣な顔をしていた。

「昔のこと、どうしても知っておきたかったんだ」

俊を見詰めてくる郁人の表情を見れば、これは彼にとって必要なことだったのは一目瞭然《りょうぜん》だった。

「……ご両親が離婚した時のこと？」

「ああ。これまでちゃんと話すのを避けてきたんだ」

俊は居ずまいを正す。ずっと聞けずにいたことを、郁人がやっと話そうとしてくれている。しっかり彼の話を受け止めたかった。

「どうしてご両親のこと隠してたのか、理由、聞いてもいい？」

恐る恐る切り出した俊に対し、郁人は思いの外あっさり頷いた。

「親のことは、オーディションを受ける時点で覚悟の上だったんだ。受かってからは、いつかバレるのも分かってた。あんたたちに迷惑をかけるつもりはなかった。新人は新人だけど、ジユールは、何のイメージもないことが大事って考えてたのも知らなかったし」

「それはごめん。俺もデビューしてなかったら、何の問題もないって思ってたんだ」

親がそこまでの有名人だというパターンは、正直想像できなかった。

「俊は悪くない。頑張れば伝わる、自分が誰であっても見ててくれる、評価してくれる、それが心地よかったし、でも先延ばしにしてるうちに――言うタイミングが分からなくなった」

「大丈夫、そのことは誰も君を責めてないよ。みんなだって同じ気持ちだ。でも、君はああって人前で表現することが好きなんだろ？　どうしてこれまで芸能界に入ろうと思わなかったの？」

結果的に、郁人は人前に出ることを選ぶところまで進んだ。モデルや演技の心得があったことからも、シャイで何が何でも人目につきたくなかったわけじゃないのだ。

「俺がまだガキの時、親父がセクハラしてるってマスコミが騒ぎ立てて、引退してる母親や俺にまで、しつこくつきまとう奴らがいっぱいいたんだ」

郁人の両親が離婚したのは、まだ彼が八歳の時、十年以上前のことだ。

当時の報道に関してあまり記憶に残っていなかったが、かなり前のことだし、俊にとっては当然のことながら、あまたある有名人のゴシップでしかなかった。

誰でもスマホ一つで遭遇した出来事の写真を撮ったりネットに上げたり、記者の真似事ができるようになって久しいのでどちらがマシか分からないが、改めて調べてみると、度を越えた取材もされていたようだ。

「怖かったよな」

もう大人の郁人は、きまりが悪いのかそれには答えず肩をポキポキ鳴らした。

「親父は映画バカで、いい画《え》を撮ることに集中し出すと、他のことはどうでもよくなるんだ」

メディアの印象そのままだが、スマホは放置、カンボジアに来いもありえるなと俊は頷く。

「でもセクハラは、事実じゃない。現場で映画バカの親父に振りまわされたスタッフが、腹いせにでっち上げたんだ」

それもメディアから得られる情報で、俊も既に知っていた。

自分の家族のそんなことが、誰でも簡単にネットで調べられる状態にある気持ちがどんなものか、とてもではないが俊には想像がつかなかった。

「酷いな……」

「でっち上げは勿論クソだ。けど、親父も大概だからな。母親のことは好きなくせに、家族には無関心っていうか……下手くそなんだ。家族らしい時間なんてなくて、俺が小さい頃から、演技やダンスやモデルや歌だなんだってレッスンに通わせて、万全なデビューを飾らせることしか考えてなかった」

「だから最初からプロみたいだったのか——でも、嫌いじゃなかったんだよね？」

特に子どもの頃覚えたものは、身体に染みついているものだが、嫌いであればモデルも引き受けなかっただろうし、劇団でボランティアに近いようなバイトもしないだろう。

郁人はほんの少しだけ表情を緩めた。

「うん、楽しかった。まだなんでか分かってなかったけど、大人たちはみんな優しかったし」

「お父さんたちのこともあっただろうけど、君は可愛かったんだと思うよ」

「でも母さんは嫌がってたんだ。普通の経験をして、育って欲しかったらしい。そん時はそんなこと、全然分かってなかったけど。俺が楽しそうだし、親父が俺の稽古の送り迎えなんかするはずもねぇし、母親が我慢してやってくれてたんだ」

後悔というほどでもないが、郁人の表情は明るくない。子ども時代の楽しい思い出というわけにはいかなかったのだから、仕方ないのだろうが。

「君は子どもだったんだから、ご両親の考えなんて分からなくても当然だよ」

小さい郁人が、嬉々《きき》としてレッスンに励んでいたのだと思うと切なくなる。俊はそっと彼の肩を撫でた。

「けど、やめたのは母親のせいじゃない。親父のセクハラ騒動の後、親父にキャーキャー言ってた奴ら、ヘコヘコしてた奴らが、バタバタ態度変えてくのを見たんだ。俺のレッスンでも、周りの態度が変わったんだ。何なんだって頭にくるだろ？」

「マスコミとか同業者ってこと？」

「それもある。けど、一番気持ち悪かったのは、誰だかわかんねえ奴ら。俺らに何の関わりもなかったくせに、マスコミの言ったこと鵜呑《うの》みにして知った顔しやがって。学校やレッスン場の奴ら、近所の奴らがマスコミと結託して、俺らの情報売るんだぜ？　あることないこと言われて、まともに生活できなくなった」

酷い話だが、その割に郁人は淡々としたものだった。いつもの彼ならもっと怒っているはずだ。

彼がこれまで理不尽なことに怒っているのを見て、俊はそんな彼を眩《まぶ》しく思いつつ、世慣れしていないが故の正義感、融通の利かなさだと思っていた。そんな自分が恥ずかしい、とんだ誤解だった。

郁人は、自分と似た経験をしていて——彼に比べれば自分なんて規模が小さいものだが——経験者として、同じ目線で物事を見てくれていたのだ。

「親父は、そんな中、一人だけさっさと予定通り海外へ映画撮りに行ったんだぜ、信じられないだろ？」

俊はすぐに言葉を返せなかった。

でも郁人の父親は母親を好きで、形はあまりよくなかったのかもしれないが、郁人のステージ教育にも熱心だった。彼なりに家族は大事で愛情だってあったのだろう。今だって、郁人と不仲というわけでもなさそうだ。

「もしかしたら……自分は悪い事はしてないし、君もお母さんも分かってくれてるって信じてたからじゃない？」

自分のことと少し重なった。

実際、郁人に、なんで怒らないんだと聞かれたこともある。

「君もお母さんも、お父さんのこと信じてたんだよね？」

郁人は、驚きと困惑の表情を浮かべながら頷いた。

「うん。なんであの時、俺たちを置いて行ったんだ、周りの奴らに怒らなかったんだって、やっと聞いてきたんだ。そしたら、『なんでやってもないことを、話を聞かない奴ら相手に否定しないといけないんだ？　宏美だって、俺がセクハラしたなんて信じてない』って言っていた」

「きっと自分に非はないから、いつも通りでいたかったんじゃないのかな」

「自分がよければいいってものじゃないだろ」

郁人は、俊にじとっとした目を向けてくる。

「そういうことじゃないと思うよ。大丈夫だとか、自分は悪くないってことを分かってくれてるって、相手のことを信じてるんだよ」

言ってて、俊は違和感を覚えた。

彼の父親の話なのに、まるで自分のことを言っているみたいだ。

「周りの気持ちは？　なんで母親を守らなかったんだって、ついに言ってやったよ。そしたらアイツ、俊と同じようなこと言ってた。でも、アイツが自分はやってない、分かってんだろって俺たち置いて映画撮ってる間、俺たちは日本で、馬鹿どもに追いかけまわされてたんだぜ？」

「あ……」

自分に非がない、だから放置して言わせておけばいい――まるで自分のことみたいどころか、完全にやっていることは同じだ。

昨日母親と話した時の酷いことをしているような感覚は、これだったのだ。

処世術として身に付けた鈍感さ、大人の態度だと信じていた行動だった。

自分は仕事だしそれでよしとしても、それを見た、自分を大切に思ってくれている人たちは傷付いている――。

「芝居は好きだ、けど、そんな状態で日本じゃまともに生活できなかったんだ。だから母さんは俺を連れてイギリスに行った。向こうに行ったら英語だし、芝居とかそんなの続けられるわけねぇし。そのうち色々分かってきて考えたけど、業界に入っても、そういう奴らの餌食《えじき》になるだけなら……それってムカつくだけで意味あるのかって……」

自分たちが画面を通じて傍観している出来事には、こうして実際に苦しんでいる人たちがいるのだ。画面を眺めていた人たち、心無い言葉を投げた人たちがすっかりそんなことなど忘れた後も、人生にずっと影を落とし続けている。

特にSNSみたいな場所では、匿名で自分のことは明かさずに言いたい放題、情報の真偽を見分けるのもどんどん難しくなっている。

　そうは言っても俊自身、ずっと当事者に感情移入し続けるなんて無理だし、誰かを攻撃するような書き込みはしないものの、いわゆるゴシップを見て気分転換をしたことがないと言えば嘘になってしまう。

「ごめんな……」

「なんであんたが謝るんだ」

　郁人はキョトンとしている。

「君を引っ張り出したのは俺だよ」

「決めたのは自分だ」

　これまで打ち明けることもできず、好きなことにチャレンジできずにいた原因を語るにしては、えらく軽い気がする。

「郁人、あんま怒ってないんだな」

　不思議に思っていると、郁人は髪をかき上げて大きな溜息をついた。

「いや、ムカついてた。俺の人生、大半、ムカついてた。けど、親父と話して吹っ切れたっつーか、それどころじゃねぇなって。だって、あいつ、まだ母親のこと好きなんだぜ」

「え？」

　それはびっくりするが、だったら尚更《なおさら》郁人はもっと怒っていても不思議じゃない。

でも郁人は心底呆れ返って目を剝《む》くと、更に捲《まく》し立てた。

「バッカみたいだろ。ついでに言ってやったよ、好きならもう一回口説けって。地獄だろ、多分、母親も吹っ切れてないんだぜ、ずっと一人だし。お互い何やってんだって感じだろ?」

「う、うん……」

十年以上引き摺《ず》っているのか、それは確かにきつい。叶《かな》わない恋をしている俊にとっては、恐ろしい話だ。

郁人は話のままの勢いで、ずいっと俊の顔を覗き込んでくる。

心臓が鷲摑《わしづか》みにされたみたいに、ギュッと縮む思いがした。

「な、何?」

俊がたじろいでも、郁人は俊を見詰めることを止めない。

「あんたにも分かって欲しい。放っておくだけじゃ、だめな時だってあるんだ。傷付いて欲しくない。俺は親父みたいになりたくない、ちゃんとあんたのこと守りたいんだ」

「え……」

隠しようもなく、顔が熱くなる。

聞きようによっては、自分と同じ気持ちだというふうに取れてしまう。

あり得ない、そんな都合がいい話あるわけがない。

俊がテンパっている横で、郁人は切々と語り続ける。

「どうするのが一番いいのか、経験者に聞くのが一番いいと思ってさ。まぁ、反面教師だってことは分かってたけどな。遅くなったけど、ジュールにも全部話すし、謝るから。藤間さんたちにも。必要ならなんだってする。で、あんたはどうするんだ？」

まるで心の内をなぞるように、郁人はじっと俊の目を覗き込んでくる。

「あんた、自分で気付いてないのか？　俺はあんたのこと見てるんだ、誤魔化せないぞ。前はもっとふてぶてしくて自信満々って感じだったのに、最近弱気っつーか……誹謗中傷の件が関係ないとは言わせないからな」

「俺は……」

ああ、自分はだめだな。

こんなところが本当に敵《かな》わないと思う。

でも、ふてぶてしいは、そのままそっくり郁人に返したい。

いつだって、彼は真っ直ぐで全力なんだ。

俊は自分がどうしたいかなんて、考えていなかった。仕事は仕事で、いつも自分は相手の望みを汲《く》んで動く側だった。

郁人は大事な場面で、いつも俊の気持ちを聞いてくれる。

自分もちゃんと彼の気持ち、周りの気持ちと向き合わないといけない。

俊《しゅん》はカフェに入ると、ここを待ち合わせ場所に指定した鳥井《とりい》の姿を探した。

特に何という目立つスポットもない住宅街だが、座席が多く間隔もゆったりしている上、平日の昼過ぎなのでさほど混雑していない。テラス席に至っては、二月の寒空ということもあり利用者はいない。

けれど、彼と会う理由を考えると周りに人がいないテラスの方がいいだろうか。

俊が迷っていると、後ろから声をかけられた。

「よお――外でもいい？」

全身コスモクローゼットの新作に身を包んだ鳥井だった。いつもこんな着こなしもあるのだと、彼に会う度、新鮮に感じていた。今日もそれは同じだ。

ただ違うのは、彼を見ても胸が躍らないことだ。

「はい」

お互い笑顔で挨拶を交わす場面だが、今日はそれもなくぎこちなかった。

カンボジアから戻った郁人《いくと》の話を聞いた後、俊はもう一度、藤間《とうま》たちと一連の誹謗《ひぼう》中傷について話し合い、写真を流出させたアカウント以外にも、悪質な書き込みをしたアカウント全てに開示請求を行った。

その結果、ほとんどが鳥井の仕業だと判明した。

俊はかなり驚いた。

彼が犯人だったことに対してというよりも、調べれば分かってしまうようなことを、なんでやったのだという驚きだ。

発表前の情報を流出させたのだ、会社としてももう見過ごせない。だが、俊は藤間に、先に鳥井と話をさせて欲しいと頼んだ。

郁人が過去と向き合った姿を見て、自分もちゃんと向き合うべきだと思ったのだ。

まだ鳥井には、何故《なぜ》呼び出したのかを告げていない。けれど、この場所といい、ぎこちないやり取りの後、黙っているところを見ると薄々勘付いているのかもしれない。

ストーブとブランケットがあっても冷え込んでいるテラス席で、銀のテーブルを挟んで鳥井と向かい合った。

コーヒーを運んできた店員が去ると、俊は意を決して口を開く。

「俺のSNSに、どうして誹謗中傷の書き込みや盗撮写真のアップなんてしたんですか？」

鳥井の顔が強張《こわば》る。でもすぐ無表情に戻った。やっぱりある程度、話の内容は予想していたのだろう。

俊はそのまま話を続けた。

「分からないんです。鳥井さんはプレスとしてのキャリアも順調ですし、認められています。

あんなことして何の得があるんですか？　写真の件は特に、俺だけじゃなくて会社にもブランドにも、それからモデルにも迷惑をかけるんですよ？」

自分が鳥井によく思われていないことは、郁人を交えた駐車場の一件で分かっていた。でも、自分に悪感情を持っている相手と向き合っても、大して動揺はしていなかった。

この話がこの後どこに着地しても、郁人に話せばありのままの感情を受け止めてくれると分かっているからだ。

そんな相手がいると思うと、胸が温かくなり気持ちが凪《な》いでいく。

最初は庇護《ひご》してあげないといけないと思っていた郁人の存在が、こんなに心強いものになるなんて思ってもみなかった。

ややあって、鳥井が俯《うつむ》き加減で口を開いた。

「そりゃ分かんないと思うぜ、お前みたいに恵まれてる奴《やつ》には」

「え――」

それを否定する気はないが、鳥井だってそうだろう。でも俊がそれを口にするより先に、彼は話を続けた。

「俺らプレスチームが、コスモクローゼットのために色々考えて打ち出した特集やコンセプトと、お前がアップした写真があるとするだろ？　そうしたらお客もメディアも、みんな、お前の方に向くわけ。それで売れるんだよ。俺らの考えた方向性とお前のが違ってたって、結果さえ出てればいい？　だろうな、仕事だもんな。売れりゃいいよな、上層部もあんたもそう思ってんだろ。だからこっちは、延々考えてきた計画をお前が作った流れに合わせるはめになっても、何も言えなかったんだよ。これまでブランドを育ててきた俺らって、つか、プレスって、一体なんなわけ？」

どんどん語気が荒くなり、鳥井の目に憎しみと苦しみが広がっていく。

結果さえ出せばいい――確かにそう思っていた。

でもだからといって、人を傷付けようとか蹴落《けお》としてやろうとか、店長以上の仕事をしようとか、そんなことは考えていなかった。

「鳥井さん、俺は別に――」

言いかけると、彼はハッと嘲笑《あざわら》った。

「別に悪気はない、そんなつもりはなかった、だろ？　お前は悪くはないよな」

鳥井は椅子に背を預け、俯いて腕を組んだ。

酷《ひど》く疲れ果てているようにも見え、俊は少し話すのを躊躇《ためら》った。

けれど、黙っているわけにもいかない。

「でもどうしてコスモクローゼットにいた時じゃなくて、今だったんですか？」

明後日《あさって》の方向を向いた鳥井は、大きな溜息《ためいき》をこぼす。

「お前がいなくなって解放されると思った。けど、そうじゃなかった。もっと最悪だ。今度は同じプレスとしてなんの下積みもせず、俺がずっとこの仕事やっててもチャンスがなかった新しいブランドの立ち上げに参加して、デザイナーと密に交流して、達成できなかったフォロワー数を簡単に抜いていく……」

「でもそれは――」

決して自分だけの力ではない。藤間のディレクションがあり、知識と実践に長《た》けた柳《やなぎ》と難波《なんば》のアシストがあったからだ。

でも鳥井がキッと睨《にら》みつけ、聞けよと手を挙げたので、俊は口を噤《つぐ》んだ。

「それだけじゃない、コスモクローゼットのアカウントから、お前のアカウントとジュール・カラドゥにフォロワーが移動していった。あからさま過ぎて引いたぜ。コスモクローゼットの人気が、誰の影響だったか明らかだよな？　それを上層部は、俺にどうにかしろって言ってくるんだぞ」

「っ……」

俊は息を飲んだ。自分にそこまでの影響力があるということも信じがたいが、コスモクローゼットにそんなことが起きていたなんて、全然知らなかった。

「けど、最悪なのは、誰も悪くないってことだ。そんなこと分かってるんだ」

鳥井は、憔悴《しょうすい》しきった笑みを浮かべていた。

「……」

返す言葉がなかった。

自分の立場を不快に思う人がいることは分かっていた。けれど、職場で一緒に過ごす上での気遣いは、その分、抜かりなくやっていた。

でも、根本的な仕事の進め方は、鳥井の言った通りだ。

仕事だからを言い訳に、胡坐《あぐら》をかいていたかもしれない。

個人的な感情は、みんな当然押し込めるものだと思っていた。そこに、自分はそうしてきて人より売っている、成果を出している、という押し付けや傲慢《ごうまん》さがなかったとは言えないだろう。

俊は頭を下げた。

「すみませんでした」

自分が人と違うことをして変化が起きれば、どうしてもそこに誰かの何らかの感情は生まれる。変化が大きければ大きいほど、その感情も大きくなる。それは決して軽視してはいけないことだ。

それをちゃんと理解していれば、鳥井たちを立てる方向に動くとか、何らかの気遣いやフォローのしようもあったかもしれない。

鳥井が悪感情を抱くのは止められないし、抱いて当然だ。

でも、だからといって、誹謗中傷をしていいわけじゃない。

「俺も配慮が足りませんでした。それは本当に申し訳ありません。けれど、あなたのやったことは、明らかに一線を越えています。思い留《とど》まって欲しかったです。個人的な恨みで、ブランドやモデルに迷惑をかけて欲しくなかったです。それこそ、何も悪いことはしていない人たちなんですよ。それに、そんなことをしても、あなたの立場は悪くなるだけですよね？　何故思い留まってくれなかったんですか？」

キラキラと、笑顔を振りまいていた鳥井に憧れていた。

器が大きくて、仕事ができる人だと尊敬もしていた。

けれどここにいる、死んだ魚のような目をしている彼は別人のようだ。こんな彼は見たくなかったし、何よりも本人が一番つらいだろう。

鳥井はまた溜息をついた。

でもさっきと違って、少し肩の力が抜け、ほっとしているように見えた。

「分かってるさ……分かってても、負の感情が上回ったんだ。一度書き込みを始めると、どんどん歯止めが利かなくなって、汚い感情に飲み込まれていった。けど、もう終わりだ。俺は今月末で会社、辞めるから」

「え――」

俊が息を飲むと、鳥井は少し口元を緩めた。

「驚くことじゃないだろ。機密情報を故意に漏《も》らしたんだ、どうせ解雇される。それに、汚い感情で毎日イライラする生活にも、もうウンザリだ」

「でも、まだ解雇されると決まったわけではないですよね？」

鳥井は静かに首を振る。

「妬《ねた》みにとり憑《つ》かれて負ける程度のものだったんだとしたら——服が好きだって気持ちが、本物だったのかどうかも分からなくなった」

辞めて暫《しばら》く休むつもりだと言い残し、鳥井は伝票を手に取って背を向けた。

でも彼はすぐ立ち止まり、振り返った。

「悪かった」

許すとも何とも、俊には答えられなかった。

「もう二度とこんなことはしないでください」

鳥井は、小さく頷《うなず》いた。その顔つきは、今日、一番穏やかに見えた。

そして彼は、今度こそ去って行った。

既に冷めてしまったコーヒーを一口飲むと、俊はスマホを取り出した。

『そんな奴と二人で会うな、俺が一緒に行く』

一人で鳥井に会うと話すと、郁人がうるさくそう言ってきた。連れて行けるわけがないし、もし誰かに同席を頼んだとしても、それは藤間だ。

けれど郁人が黙っているわけがなく、スマホにはまた彼からのメッセージが入っていた。

仕事に戻らないといけないが、このコーヒーを飲み終わるまではいいだろう。

俊は郁人に電話をかけた。

『俊、話は終わったのか？　大丈夫か？』

ワンコールで出た郁人が、勢い込んで尋ねてくる。

「うん、大丈夫だよ」

郁人の低くてよく響く声を聞くと自然と笑みが零《こぼ》れ、身体《からだ》が強張っていたことに気付く。

『アイツ、何つってた？』

「最後は謝ってくれたよ。でも、話を聞いて、俺にも反省すべきことがあるって分かった」

『は？　ねぇだろ。中傷する奴が悪いに決まってんだろ。あんた、そういうとこだぞっ。甘いんだよ』

郁人はバッサリと切り捨てた。

そうやって怒ってくれ、微塵《みじん》も疑問を持つことなく自分のことを肯定してもらえると、随分穏やかな気持ちになる。

何が変わるわけじゃなくても、こういうことってすごく大切なんだな。

鳥井にも郁人みたいに、同じような経験をして同じ目線で味方になってくれる人がいれば、こんなことにならなかっただろうか。

「会った時に詳しく話すよ」

『今から会えないか？』

そう言われて、一気に体温が上がる。

とても甘美な響きだったが、いろんな意味でそういうわけにはいかない。

「仕事中だから」

一番無難な言葉を口にした。

会いたいし、本当は電話越しでも鳥井とのやり取りを詳しく話したかった。でもこんな時に会うと、押し込めようとしていた気持ちのたがが外れて甘えてしまいそうだ。

それに勿論《もちろん》、平日の日中なので仕事も嘘《うそ》ではない。これから会社に戻って、まだまだやることがある。何せ三月のオープニングパーティーまで一カ月を切っている。

『だよな。今日は夜、劇団の仕事があるんだ、けど一時間くらいなら――』

「だめだよ、公演の準備が始まってるんだろ？　行ってきなよ。別に急ぐことじゃないし。パーティーの衣装合わせももうすぐだし、またその時でいいよ」

少し間が空いて、不満そうな声が返って来た。

『気になるだろ。――本当に大丈夫なのか？』

「ああ、平気だって。矢代《やだい》さんにもよろしく伝えておいて」

今度ちゃんとお礼はするつもりでいるが、顧客である彼の劇を観《み》に行かなければ、受付にいた郁人に会うこともなかっただろう。

『分かった』

電話越しに不服そうな溜息が聞こえてくる。

一つだけは先に伝えておこうか。

いざ口にしようとすると、また心臓がドクドク音を立て始める。

「郁人」

『ん？』

「……君のおかげだよ。君はいつも俺に自分がどう思ってるのか、聞いてくれた。ご両親のことも話してくれた。だから、俺、自分だけじゃなくて、周りの人に対しても、仕事だからって理由だけで目を瞑《つぶ》ってちゃいけないってことに気付いたんだ」

電話の向こうはシーンとしたままだ。余計に恥ずかしくなってきた。

「い、今更過ぎるよな、俺、そんなこともちゃんと分かってなかったんだ。だから、お礼を言いたかったんだ。ありがとうな」

手を当てた額が熱い。

鏡がなくても顔が真っ赤になっているのが分かる。やっぱり電話で言ってよかった。顔を見ながら、こんな話をするのは無理だ。

『おい、そういうのは対面で言えよっ、クソ、やっぱり今日は劇団――』

「だから、だめだって言ってるだろ」

やたらと不満そうな郁人に、俊は思わずくすくす笑って返した。

もう寒さはすっかり忘れていた。

電話を切って、残っていたコーヒーを飲み干すと会社に戻った。

執務エリアでエレベーターを降りると、自販機の並ぶ休憩スペースでコーヒーを片手にスマホを弄《いじ》っている藤間と会った。

藤間は、二人で話すお決まりの場所、廊下の突き当たりの窓際へと俊を誘った。

偶然じゃなくて、頃合いを見計らって自分を待ってくれていたのかもしれない。

「どうだったんだ？」

俊の表情で大体の想像はついたのか、尋ねてくる藤間の口調は穏やかだった。

「認めて、謝ってくれました。ですが、鳥井さん、会社を辞められるんですね」

藤間は、既に鳥井が辞めることを知っていたのかもしれない。知らなかったとしても驚いて見せる人ではないが、そうかと静かに頷いた。

「私がもっと早く動いていたら、こうはならなかったかもしれません」

駐車場で鳥井の陰口を聞いた時に、受け流さずにいたら彼の行動もここまで悪化せず、家族や郁人、自分を心配してくれている人たちを傷付けることもなかったかもしれない。

「ifの話をしても仕方ない。経験してみないと分からなかったことだろう」

藤間は変に励ましはしない分、事実をはっきりと述べてくれる。だから感情的になりすぎず、客観的に物事を見ることができる。

「売ることが仕事なので、売れるならいいと思っていました。勿論、故意に誰かを傷付けたり卑怯《ひきょう》な真似《まね》をしたりはしません。でも、フェアでさえあればいいというわけではないんだと分かりました」

「難しいな」

ふむと、藤間はコーヒーの紙コップを持ったまま腕を組んで話を続ける。

「個人的には、君のひたすらゴールに向かって、最善の形で進んでいく姿勢を買っている。俺と考え方が似ているからな。ジュールもそうだ。織田《おだ》君もある意味そうだな」

「彼もですか？」

郁人は真《ま》っ直《す》ぐで不器用だと俊でも分かる。さすがにピンと来ない。

「仕事のやり方というより、雑音のせいで当初と違うゴールへ向かったり、自分を見失ったりしないところがな。見失いかけても仕事への思いが本物なら、結果はどうあれ、そこに戻ることはできる。今回はこんなことになったが、君は基本的に要領がいい。俺の方が寧《むし》ろ織田君と大して変わらなかったかもしれない」

「藤間さんが？」

俊は目を見開いた。忖度《そんたく》せず真っ直ぐ突き進む郁人と、頭脳派で周りを冷静に見渡している二人は正反対と言ってもいいくらい違うように感じる。

「俺は、広告代理店の理屈の通らない古い体質に腹が立って辞めたんだ」

「そうだったんですか」

藤間はあまり個人的な話をしないので、初めて聞いた。

「白は白、黒は黒、事実は事実、何故それが分からないんだと、常に怒りを持っていたから、周りとの衝突も多かった。最初の転職先も似たようなもので、次にたまたま見つけたのが、ここだった。アパレル業界で生き残るために、古い体制を改革する、徹底的にやるから新しい人材を探していると聞いて、これだと思ったんだ」

「てっきり、ファッションがお好きだったからだと思ってました」

一目見た時から、アパレル業界の中でもずば抜けてオシャレだったし、自身に似合う物を着こなしている人だと思っていたから意外だった。

「勿論、好きだが仕事にするとは思ってなかったな——俺のことはまぁいい」

藤間は話し過ぎたと思ったのか、少し気まずそうな顔をした。

そんな顔、初めて見た。

もしかしたら、彼は案外、シャイなのだろうか。

じっと見ていると、彼は誤魔化すようにコーヒーに口を付けた。

「伝えたかったのは、君は変わる必要はないということだ。今の君のまま、新しい視点も加味して仕事ができるようにさえなれば、臨機応変に動けるようになってくる。君と組めたことは本当によかった。ファッション業界への抵抗は始まったばかりだ、これからもよろしく頼む」

話している間に、いつものペースに戻った藤間はゆったりと笑みを浮かべた。

「ありがとうございますっ」

異動した頃より、色々失敗をして迷惑もかけてきた。しかも郁人に関しては、個人的な感情での判断ミスだ。

目をかけてもらい、もったいないほどのポジションに引き上げてもらったのに失望させているると思ったことは一度や二度じゃない。

それなのに、尊敬する上司がこんなふうに言ってくれるなんて。

「私の方こそ、よろしくお願いします！」

頑張ってきてよかった。

やっぱり今日、郁人に会いたかった。会って今の気持ちを話したかった。きっと彼は自分と同じように笑ってくれる。

俊は改めて、自分が恵まれていることに感謝した。理解してくれる上司、チームの人たち、ジュール、そして郁人。


その後、誹謗中傷はぱたりと止んだ。

# 7

ドレスコードは、「思い出に残る時間を共に過ごすアイテム」だ。

一夜限りのパーティー会場へと変身した、ショートフィルムの撮影で使用した倉庫スタジオには、思い思いのファッションに身を包んだセレブ、メディア関係者、業界関係者などゲストたちの約二百名で溢《あふ》れかえっていた。

ショートフィルムの主人公の部屋を再現したブース、春夏コレクションとお菓子メーカーとのコラボ商品を並べた出張プレスルーム、ショートフィルムを繰り返し流すブース、大切な時間を彩る華やかさをイメージして用意された、宝石のように輝くジュレや色とりどりの果物がふんだんに使われた軽食。

俊《しゅん》はそれらを見渡せるステージに立ち、ジュール、郁人《いくと》、郁人の相手役としてショートフィルムの撮影に参加した白石《しらいし》とのミニトークショーを終えたところだ。

『よくやったね、ありがとう』

パネルを立てて簡易に設置されたステージ裏に引っ込むと、安堵《あんど》の溜息を吐く間もなく、両手を広げたジュールに抱き締められた。

『あっ、ありがとうございます』

びっくりしながら、ジュールの身体に腕をまわすと、背中をポンポンと叩《たた》かれた。

『この後、ゆっくり話す時間が取れるか分からないから、先に言っておこうと思ってね。君の人を惹《ひ》きつける魅力やセンスには、これからも期待してるよ』

大の大人が男に抱き締められる機会なんて、日本ではそうそうない。がっしりとしていて厚みもあり体温の高いジュールは、失礼かもしれないがまるでお父さんみたいな感じがして、その優しい言葉と共に胸にじんわりと熱いものが広がっていく。

『私もこんな貴重な機会をいただけて、本当に感謝しています』

感動的な場面になるはずが、周りをうろうろしていた郁人が堪《たま》りかねたような声を上げる。

『腹減った』

いや、さほど空《す》いていないはずだ。みんなでパーティーの前に食べておこうということで、夕方に早めの食事を摂《と》ってからまだ一時間ほどしか経《た》っていない。

『イクト』

ジュールは続いて、郁人を手招きする。当たり前のようにやってきた郁人は、慣れた様子で彼とハグをする。

『君が何者であっても、僕は君を選んでいたよ。君の才能は間違いなく本物だからね』

そのジュールの言葉に、パーティーはまだ始まったばかりなのにうるっときそうだった。

『ありがとうございます』

郁人も同じ思いだったのかもしれない。瞳がきらきら輝いている。

『このあともよろしく頼むよ』

タンタンと郁人の肩を叩いたジュールは、また俊を手招きする。今度は俊と郁人、二人纏《まと》めて抱き締めた。

「うわっ」

俊はでかい男二人に挟まれて、思わず変な声が出てしまった。

ジュールだけじゃなく郁人まで当たり前のように腰に腕をまわしてくる。

『こっちを向いてくれるか？』

藤間《とうま》に声をかけられた方を見ると、柳《やなぎ》と難波《なんば》がカメラを構えていた。

そうか、こういうのも宣伝のためだ。

俊は気を落ち着けてニッコリ笑うが、内心ドキドキだった。

その後、ジュールは白石とも軽くハグをして写真に収められていた。白石も笑顔で慣れた様子だ。

「既にいい写真がいっぱい撮れてますよ」

パーティーの雰囲気にすっかり溶け込んでいる難波は、カメラの画面を向けて見せてくる。

トークショーが終わったため、賑《にぎ》やかになった会場の雰囲気が、パネル越しにもダイレクトに伝わってきていた。

「そろそろ、会場に出て挨拶まわりに行こう」

藤間に言われて、控えていたそれぞれのアシスタントやマネージャー、ヘアメイク担当――郁人の場合はマネージャーの代わりは難波――が身なりのチェックに入る。

俊は自身で衣装の確認をしようと、運び込まれた姿見の方へ行く。

「俺がやろう」

スッと俊の前にやってきたのは、藤間だった。

「すみません、ありがとうございます」

郁人相手とは別の意味でドキドキしてしまう。恐縮していると、藤間はジャケットを整えてくれながら口元を綻《ほころ》ばせた。

「君は広告塔でもあるんだ、当然だ」

他のプレスメンバーは、地味にならない程度の落ち着いたスーツを着ているのに対し、俊が着ているのは、細かいスパンコールやラインストーンが縫い付けられた一際華やかなジャケットだ。光の加減によってゴールドにも見える暖色系で、シルエットも柔らかい印象を与えるものになっている。

郁人の衣装は、光の加減でシルバーにも見える寒色系のデザインで、シルエットが俊のもの

と違ってシャープだ。

この二着はリンクコーデになっていて、どちらもジュールが特別に作った一点物である。

二人はデキてるんじゃないかといった憶測がSNSで流れたのに、それでいいのかという話もしたが、結局、衣装も二人一緒の宣伝も予定通りでいくことにした。

肯定的な人たちの間で細々と噂《うわさ》は続いているが、大抵の人はショートフィルムのメイキングや他の写真を見て、デマだと結論付けてくれたようだ。

というのも、柳が既に終わっていたショートフィルムのメイキングで写真と同じ髪を直しているシーンを入れてくれたからだ。俊も他の動画や写真を選ぶ際、衣装やメイクを難波やヘアメイク担当が直すシーンをさりげなく多めに選び、仕事だと印象づけるようにした。

会場中をまわっての挨拶も、大半は郁人とセット、写真も二人セットでという要望が多い。

多分、リンクコーデになっているジュールの服が素晴らしかったのと、メディア関係者は郁人だけ、もしくはセットで撮った方が需要を見込めると踏んだのだろう。

「お久しぶりです、今日はお招きありがとうございました」

何組かと話した後、丁寧にそう言って頭を下げてきたのは矢代《やだい》だった。

「矢代さんっ、こちらこそお越しいただき、ありがとうございます」

よく知っている彼に会い、俊は俄然《がぜんうれ》嬉しくなった。

顧客であると同時にセレブでもある彼は、明日の夕方に店舗で行われる顧客向けトークショーではなく、今日のパーティーに呼ばれていた。

「織田《おだ》君、本当によかったね」

　矢代は嬉しそうに、俊の隣に立つ郁人に笑いかけた。

「はい」

　郁人がやたらとかしこまって頷く。

　そういえば、彼は元々、矢代の書いた脚本のファンだった。

「アイドルユニットみたいですね。このまま二人で仕事ができますよ、よく知ってる二人が仲良くしてるのって嬉しいです」

「そうしよ」

　俊が答える前に、郁人がニヤニヤしながら肩口を軽く叩いてくる。

「ははは、それは無理。でも郁人にモデルになってもらえたのは、矢代さんのお陰です。どうやってお礼をしていいのか分からないくらい感謝してます」

　ジュールだったらハグをするところだろう。

「それは俺もだ。矢代さん、ありがとうございます」

　郁人は笑みを深める。

「そんな……こちらの方こそ——夏のことは汐瀬《しおせ》さんに話したの？」

　矢代は途中で言葉を切って、郁人に尋ねた。

「いえ、まだです」

「なんですか、気になります」

二人の顔を見て察するに、どうやらいい話のようだ。

「後で話す」

「すみません、織田君、藤間さんが呼んでます」

少し離れて郁人のマネージャーに徹してくれている難波が、申し訳なさそうに声をかけてきた。きっと誰かが、郁人を紹介して欲しいと言ってきたのだろう。彼さえその気なら、仕事のオファーだって今夜中に入ってきそうだ。

郁人を見送った矢代は、保護者のような目をしていた。

「織田君に、親しい人ができてよかった。それが汐瀬さんで本当によかったです」

しみじみと言われて、俊は落ち着かない気分になった。

「だといいんですが」

周りの人からは、自分たちがどう見えているのだろう。

ジュールや矢代のように、ちゃんと年長者で仕事仲間、あるいは保護者役に見えているだろうか。もし気持ちを知られて、郁人とぎこちなくなってしまうなんてことになったら、目も当てられない。

「これからも、彼の支えになってあげてください」

矢代はらしくなく、きっぱりと言い切ると、俊と話をしたそうに控えていた女性たちに場所を譲った。

その後も、次から次へ、まるでリレーのように色々な人たちと話をして、あっという間に予定していた時間は過ぎて行った。

「先に着替えて来たら？　片付けなら任せて」

柳にそう言われて、最後まで挨拶や写真で駆り出されていた俊や郁人以外は、もう着替えて撤収の準備を始めていることに気が付いた。

「ありがとうございます」

こんな高価な服で作業をして、傷めてしまっては大変だ。俊は柳に礼を言って、難波から楽屋の鍵をもらうと郁人と一緒に二階へ向かった。

「お疲れ様、いいパーティーになってよかったー。君は大人気だったね」

「それはあんただろ？」

そんなことを言い合いながら、部屋に入りドアを閉めた。

「カーテンの方で着替えてね」

楽屋が複数あるわけではないからか、部屋の中に試着室のようなカーテンで仕切られた場所があるのだ。

どうしよう、室内で二人で着替えをすると改まって考えると緊張してきた。

ドアノブに手をかけたままでいると、後ろから郁人の手が伸びて来て、何故かドアの鍵を閉めてしまった。

別に閉めなくても、もうお客様は帰ったのに。

不思議に思って振り返ると、ぶつかりそうなほど近くに郁人が立っていた。

「郁人、お客さんは――」

彼の両手が、自分の顔を包む。

「っ……」

一瞬、何が何だか分からなかった。目の前が暗くなり、唇に柔らかいものが触れた。

郁人の唇が、自分の唇に重なっている――。

息が止まるほど驚いた。

頬と間違えたのか、それともパーティーが終わった高揚感で思わずなのか。

押し当てられるだけのキスの後、郁人がゆっくりと離れて行った。

「うわ……」

俊は両手で顔を覆った。郁人が腕を摑《つか》んでこなければ、その場に尻もちをついていたかもしれない。

「俊?」

郁人は困ったような声を出し、顔を覆っている腕を揺すってくる。

火が出そうなほど顔が熱い。びっくりした、腰が抜けるほど驚いた。心臓の音が、郁人にも聞こえているんじゃないだろうか。頭の中にまでバクンバクンと響いている。

「――ごめん」

郁人が呟《つぶや》く。

それは何のごめんなんだ。解放感でうっかりなのか、頬にしようと思ったのが着地を誤ったのか。イギリスに住んでいたからといって、家族でもない男の頬にキスなんてしないだろう。それとも知らないだけで、学生なら悪ノリでそういうこともするのだろうか。

俊は馬鹿みたいに赤い顔を覆ったまま、パンクしそうな頭を振っていた。

「怒ったのか？」

尋ねてくる郁人も不安そうだ。

「な……なんでっ……」

やっとのことでそれだけ口にしたが、声が無様に震えている。

「あんたがいろんな人と話してるの見てたら、我慢できなくて」

「えっ……」

郁人の腕が身体にまわり、ぎゅっと抱き竦《すく》められた。

「誰にも取られたくない」

「郁人――」

到底現実とは思えず、自分を抱く郁人の腕を手でなぞる。

彼はそれをネガティブな意味に捉《とら》えたのか、一層俊を抱く腕に力を籠《こ》めた。

「あんたのことが好きだ」

「いや、郁人、ちょっと待って」

俊は無理矢理相手の胸を押し返す。

誤解しようもなく、郁人はそういう意味で自分のことを好きだと言っているんだ。

でも、彼が今そう感じているからって、その想《おも》いが本物とは限らない。

「待てって、どういう意味？」

耳まで真っ赤にした郁人は、熱の籠った瞳で懇願するように自分を見ていた。

「君は俺と知り合って、この仕事を始めて色々あったし、今日はパーティーで緊張しただろうし……リアルタイムで人前に立ったのも初めてだろ？　人もいっぱいで——」

話している間にも郁人はじりじりと俊に近付いてきて、両腕を掴んでくる。後ろに下がれない俊は、ドアと彼の間に挟まれてしまう。

「俺が血迷っただけって言いたいのか？」

郁人は形のいい目を細めて、心外だと言わんばかりに俊の腕を掴む手に力を入れてくる。

「そうは言ってないよ」

「どう思ってんの？」

「何が？」

うっかりそう言って、俊は自分がまずいことを言ったと気付く。

わざわざ核心に踏み込んでどうするんだ。

「俺のこと好き？　嫌い？」

「嫌うわけないだろ。なぁ、離れて——」

「やだね、そういう意味で聞いたんじゃない。なんでバレバレのはぐらかしなんかすんの？」

「郁人、まだ仕事中なんだ」

「だったら、早くあんたの気持ちを聞かせてよ」

誤魔化しきれないよな。

これからも一緒に仕事をしていくんだし、嘘をついて断るより、本音を言って断った方が、きっと郁人は納得してくれるだろう。

「分かった、分かったからちょっと離れて」

万が一、ドア越しに誰かに話を聞かれたら、また困ったことになる。

それでも郁人は離れようとしない。俊は相手の腕を摑み返し、組み合ったような状態のまま部屋の真ん中へ彼を押しやった。

「好きだよ」

まだ続きがあるのに、目を丸くした郁人は俊の頬に手を伸ばしてくる。

俊は慌ててその手を摑まえた。

「ちゃんと聞けって。だけど、そういうことは考えてない」

「そういうことってなんだよ？」

途端に不貞腐《ふてくさ》れた郁人が噛《か》みつくように聞いてくる。

「付き合うとかだよ」

「なんでだよ、好きならいいじゃん！」

「よくないだろ、これからも一緒に仕事するんだ。君、隠せるの？　それに君はいろんな人に会うし、注目されるし、すぐに気持ちなんて変わるよ」

そうなった時、自分は笑顔で彼を手放すなんてできるだろうか。一度一線を越えてしまったら、そうできる自信がない。でも、そこまではさすがに言えなかった。

「それに俺、もうすぐ二十九で、次は三十って分かってるよね？」

「だったらなんだよ？　そんなに年離れて見えないってみんな言ってるじゃん。俺はティーンエージャーじゃないし、あんたの方が可愛《かわい》いし、何が問題なんだよ」

「問題だろ、そんなのみんなお世辞だ。環境が変わると、すぐに気持ちも変わるって」

「俺は変わらない。好きになったものは、ずっと好きだ。自分からは嫌いにならないっ」

必死な郁人は、がんとして折れる気はなさそうだ。子どもみたいに地団太を踏みそうな勢いの彼に、俊も思わず言い返した。

「俺はものじゃないだろっ」

「揚げ足取るなよっ、あんたがいいんだ。パーティーでハイになってるとか、別の気持ちと誤解してるとか、そんなんじゃない。この好きは本物だ」

「郁人、ちょっと落ち着――」

「嫌だって言ってんだろっ」

ばっと抱きついてきた郁人の重みに俊はよろめき、二人で崩れるように床に座り込んだ。郁人は縋《すが》るように俊の身体に腕をまわしてくる。

嫌いな相手なら蹴るなり殴るなりで済むが、好きな相手にはどうすればいいのだろう。

「あんたが最初に渡してきた名刺、あれでSNS見たって言っただろ。ひでぇこと書かれてるのに、『俺の好きが本物だからかな？』って笑ってただろ。なんでコイツ笑えんのって、それであんたに興味を持ったんだ。一緒に仕事をしているうちに、分かったんだ。本当に好きなら、その気持ちは周りが何を言おうが関係ないし、自分の中からその気持ちはなくならない」

俊は、子どもみたいにしがみ付いてくる郁人の背中を撫《な》でた。

「ありがとう……でも、無理だよ。もし付き合ってバレたら、君の方がきっと色々言われるんだぞ。俺はそんなの嫌だ」

「俺は平気だ、平気だからっ！　だって、こんなのあり得ねぇだろ……あんたが俺のこと嫌いだっていうなら諦めもつくけど、違うなら無理だろっ」

切羽詰まったくぐもった声に、洟《はな》をすする音が混じる。

やっぱり、本音を言うべきじゃなかったのかもしれない。

でも好きな相手にここまでされて突っぱねられるほど、俊だって強くはない。彼を抱き締めて安心させてやりたくて、指先までピリピリと痺《しび》れる。

俊はそっと郁人の髪を撫でた。

「……絶対に隠しておける？」

それを聞いた郁人は、俊のおなかの辺りからバッと顔を上げた。クールな瞳が、赤く潤んで台無しだ。愛《いと》おしくて思わず表情が緩んでしまう。

「隠す、隠せる」

郁人はぶつかるように口づけてきた。

実際少し痛かったが、それすらも愛おしい。

本当はまだ話の途中だったのだが、もう降参だ。

「俊、好きだ、恋人になってくれる？」

唇が触れ合いそうな位置で、郁人がだめ押しとばかりに聞いてくる。

俊は覚悟を決めて頷いた。

「ああ、俺も好きだよ」

「もう一回キスしていい？」

「……うん」

もう断る理由はない。そもそも嫌じゃない。

重ねるだけの長いキスの後、郁人はもどかし気に俊の頭に手をまわし、自分の方へ更に引き寄せようとする。どうしたらもっと近付けるのか、よく分かっていないといった荒々しさやぎこちなさから、あまり経験がないのだろうと感じた。勿論、そんなことはなんの問題でもない。

俊は自ら軽く唇を開き、郁人のふっくらとした唇を優しくはむ。ゆっくりと深いキスになっていき、郁人が舌を差し入れてくる。

「んっ……」

舌を絡め合うと思わず吐息が漏れた。

俊にとっては久々で、二人にとっては初めてのキスなのに、やたらとしっくりきた。ぴったりと密着しているのが心地よくなってくると、俊は自ら郁人の首に腕をまわしてキスを求めた。

難波に鍵のかかったドアをノックされて飛び上がる羽目になるまで、無我夢中でキスを交わし続けた。

パーティーの後、先に帰った郁人は既にシャワーを浴びていた。

俊は誘われるまま、彼の家にやって来て、ボディソープの香りを漂わせている郁人とソファに並んで腰掛けていた。

郁人は顔を合わせた時から、じっと俊を見詰めている。今にも飛びかかってきそうなライオンみたいだ。

「やっとこれで一段落だね」

俊はその視線はひとまず無視し、笑顔を向けた。

付き合うと決めたばかりで、しかも楽屋であんな濃厚なキスをした。こうやって我に返って時間が空いてしまうと、ちょっと照れくさい。

「うん」

郁人が出してくれたペットボトルのキャップを捻《ひね》って、乾杯代わりに郁人の持っているそれに軽くぶつけた。まぁ、中身は水だが。

「初めて人前に立ってみて、どうだった？」

「……あんまり考えてなかった。あんたは慣れてるんだな」

「いや、そうでもないよ。イベントはこれまでもしたことあったけど、しょっちゅうじゃなかったし。ジュールがいっぱい喋《しゃべ》ってくれたからよかった。あ、そういえば、君に聞きたいことがあったんだ」

「何？」

頷いて郁人は俊に身を寄せてくる。

全身から出ている、触りたいというオーラをなんとかして欲しい。恥ずかしくて、余計に身構えてしまう。

「オーディションの時、知りたいことができたって言ってたよね、あれって結局、なんだったんだ？」

「ああ、あんたのことだよ、さっきも言っただろ。あんたがなんで誹謗中傷されても、平気なのか、知りたかったんだ」

郁人はそう言って俊の手を包み込む。

温かくて大きな手に、俊はドキリとした。

疑いようもなく、改めて自分は彼に恋をしているんだなと思う。

「でも、別に平気ってわけじゃないって気付いた。それに負けないほど、あんたが仕事を好きで、服が好きで、ジュール・カラドゥが好きなんだって分かった」

「ああ、だからそう言っただろ？　俺の好きは本物だって。藤間さんも同じ――」

郁人が唐突にキスしてきた。

「っ……びっくりするだろ、話してるのになんで」

頬が一気に熱くなる。もう気持ちは伝えていても、やっぱり恥ずかしいものは恥ずかしい。

「そっちこそ、なんで一緒に居るのに若いおっさんの話すんだよ」

郁人は不服そうに頬を膨《ふく》らませる。

久々に聞いた「若いおっさん」に、俊はもう一つ疑問に思っていたことを思い出す。

「最初から藤間さんのことなんとなく嫌がってたよね？　なんで？」

嫌う要素がないだろう。あんなに仕事ができてかっこよくてそつがない人だ。

「今、カッコイイのに、とか思っただろ？　だからだ、ジュールは日本に住んでないし、あの中であんたが惚《ほ》れるとしたら、あの人だろ」

鼻息荒くそんなことを言われても困る。小中学生がクラスで一番可愛いのは誰だっていう、そんなノリじゃないか。

「ないって。俺、男がいいってわけじゃないよ。大体、その時は君だって別に俺のこと、何とも思ってなかっただろ？」

「俺、女は好きじゃないし、最初からあんたの見た目は好みだった——なぁ、いつまで話すんだ？　焦《じ》らしてんの？」

郁人は痺れを切らしたように俊の腕を揺すると、唇を重ねてきた。彼の腕に引き寄せられ、その胸に納まる。

すぐに郁人は俊の唇を割り、舌を差し入れてきて口の中を愛撫《あいぶ》する。手は服の上から俊の身体を捏《こ》ねるように撫でてくる。される側は初めてだが、違和感はなく自分よりも高い体温や大きな身体に身を委ねるのは気持ちがいい。

これ、まずいかもしれない。

「ちょっと休憩していい？」

少し唇が離れた隙《すき》に、俊はキスから逃れて郁人の首筋に額を押し付けた。ボディソープじゃない、彼の肌の香りも感じ取れる距離だ。それも心地よかった。

「嫌だ」

郁人は唸《うな》るように言い、身体をずらして俊の唇を求めてくる。

それでも頭を振ると、チュッと首筋に音を立ててキスされた。まるで郁人は新しい発見をしたとでもいうように、俊の首筋に唇を這《は》わせて吸い付いてくる。

「だめだって」

ゾクゾクして、指先まで痺れが走る。やっぱりまずい。こんなにキスしてると、どんどん下肢に熱が溜《た》まって来てどうしていいのか分からなくなる。

「なんで？」

郁人は言いながら鼻先や唇で俊の耳を探索する。

「シャワー浴びてないし、お前だけちゃんと浴びてきれいになっててさ」

気を紛らわせようと、自分の身体にまわっている筋肉質の腕を軽く叩いた。

郁人はちょっと困った顔をする。

「あんたのことすぐに押し倒しそうだったから、抜いてきた」

それを聞いた俊は、瞬時に顔から火が出そうに赤くなった。

「そういうこと言うなよっ」

逃げ場がないので、また自分の手で顔を覆うはめになる。

「なんで？　したいに決まってんじゃん」

郁人は面白がり、逃げた俊の背に覆い被《かぶ》さってくる。

「離せって」

「嫌だ」

「じゃ、俺もシャワー浴びていい？」

決して変な意味じゃなかった。

パーティーの空気を身に纏っていては落ち着かなかったのと、彼に離れて欲しかったからだ。

でも俊は、言ってから今、なんの話をしていたか思い出した。

「シャワーに負けんのか？　俺じゃだめ？」

「そういう意味じゃっ……んっ――」

反論しかけたが、もう遅かった。郁人は俊を押し倒すと、セーターの下に手を入れ、腰を押し付けてくる。

「あっ……」

抜いてきたっていう話はなんだったんだ。目視せずとも分かる、とんでもなく大きなものが俊の主張し始めたものに押し付けられた。

「郁人」

俊が彼の身体を押し返そうかどうしようか決めかねている間に、郁人は俊の胸を撫でてくる。小さな飾りを見つけると、それを軽く摘まんだ。

「嫌か？　シャワーなんて浴びなくったってあんたはきれいだよ」

「ずるいぞ……」

年は離れているのに、低く響く声が性感を刺激する。どうやったって、郁人にはもう抗《あらが》えそうにない。

観念した俊に、郁人はにやりと笑いかけてくると、パンツのボタンを外し、するりと手を滑り込ませてきた。

「あっ……」

彼の手がそっと触れただけで、腰が跳ねてしまった。

「濡《ぬ》れててエロいな」

「変なこと言――」

恥ずかしさのあまり噛みつこうとすると、荒々しく唇を塞《ふさ》がれた。

「んんっ……」

先走りで濡れそぼった自身を包まれ手を動かされると、それだけで目の前が白くなるほど気持ちいい。でもされっぱなしは嫌だった。

俊も郁人の服の中に手を差し入れ、胸を撫で腹に手を滑らせる。すべすべの肌は筋肉質で、細いが服の上から見ているよりはがっしりしている。焦らすように臍《へそ》の下辺りからすぐに下へは行かず、腰を撫でてからその手に余るサイズのものを握り込んだ。

「っ……」

郁人は息を詰め、身を震わせると噛みつくように唇を塞いでくる。そしてキスを続けながら、俊の屹立《きつりつ》を包んだ手を上下させる。そこは水音がするほどに蜜を垂らし、俊はじっとしていられず身をくねらせながらも同じように愛撫を返す。

「だめだって、出る、出ちゃうからっ」

大してまだ何もしていないのに、俊の方が先に音を上げた。

「いいよ、あんたの顔見てたい」

郁人は目を合わせたまま、唇を啄《ついば》んでくる。俊は自分だけ痴態を晒《さら》すのが嫌で、ふわふわしながらも丁寧に郁人を愛《いつく》しむ。先端の敏感な部分を優しく刺激し、擦《こす》り上げる速度を上げてゆく。

「気持ちいい？」

これでいいのだろうかと気になって尋ねると、目を潤ませた郁人は悩ましげに目を細める。

「すげぇいい」

その顔が壮絶に色っぽかった。

「あっ――」

いくらも我慢できず、俊は郁人の手に果てた。郁人も追いかけるように俊の手に擦り付けながら欲望を放つ。

荒い呼吸が収まらない中、絶頂の余韻でぼうっとしていると柔らかい唇が重なってくる。

「なぁ、あんたの中に挿《い》れたい」

抱き締められると、凶器のような大きさのものがごりごりと太腿《ふともも》に押し付けられる。

今、イったばかりだよな、と唖然《あぜん》とするが、熱を帯びた瞳に見詰められるとノーとは言えなかった。もう駄目な理由はないが、こんなにチョロくていいのだろうか。

「郁人、その前に――」

「シャワー？」

郁人は俊の額にキスを落としながら聞いてくる。

「それもそうだけど、言っておくことがあるんだ」

愛おしさに少し笑みを漏らしながら、俊はチュッと相手の唇に口づける。

「何？」

「俺、初めてだから」

自分を組み敷く男を見上げると、相手は面白いほど目を見開いた。

「初めてなの？」

「あ、いや、男とって意味だけど……」

「分かった、女の話は聞きたくない」

一瞬がっかりしたように見えたが、もしかして、郁人は全部初めてだったりするのだろうか。聞こうかと思ったが、それはまた今度にしよう。

当然のように一緒にバスルームへもつれこむと、シャワーを捻る間ももどかしそうに、郁人は俊に口づけし、尻を両手で鷲掴《わしづか》みにして昂《たか》ぶりを、俊の再び兆し出したものに擦り付けてくる。

「っ……俊」

「あっ、待って……」

「クソ、やばいな、あんたの中に入れるまで我慢できねぇ」

「い、郁人っ……もう出るっ――」

こんなふうにがむしゃらなセックスも初めてだし、さっきイったばかりなのに、信じられない。

激しく擦り上げられ、俊の方が堪《こら》え切れず震える腕で郁人に縋りながら欲望を放った。

「ああっ、堪んねぇ……」

シャワーから流れる湯と共に流れていく白濁を横目に呻《うめ》いた郁人も、同じく俊の下肢に自身の腰を激しく押し付けながら欲望を解放した。

「うわ、脚がガクガクする」

俊は立っていられず、その場にしゃがみ込んだ。まだ快感の名残で指先までが痺れている。

俊を抱きしめたまま一緒に腰を下ろした郁人は、まだ足りないというように俊の濡れた髪に、首筋に口づけてくる。

「めちゃくちゃ気持ちいいな」

吐息交じりに呟いた郁人は、すっかり力の抜けた俊の腰を抱き寄せ、怪しい手つきで尻を撫でてくる。

「もうよせって」

俊は郁人の腕の中でぐったりしたまま声を上げた。

「続きはベッドだな」

耳朶《みみたぶ》をガジガジ噛みながら、郁人は信じられないことを言う。俊は目を剝《む》いた。

「嘘だろ？　俺のぼせたかも」

俊は降ってくるシャワーを避け、眉をハの字にして郁人を見上げる。

結局、郁人は甲斐甲斐《かいがい》しく俊の身体を洗ってくれ、ベッドまで連れて行ってくれた。

一糸まとわぬ姿のまま、休むことなく郁人は俊の上に覆いかぶさり、捏ねるように胸を撫で小さな突起を擦って甘噛みした。

俊はくすぐったさに笑って、脚を絡めてくる郁人の頭を抱く。身体中にキスを浴びせて行く郁人の髪を撫で、目を閉じて彼の愛撫に浸っていると、おさまっていた欲望がまたどんどん湧《わ》き上がってくる。

「好き、俊の何もかも好きだ」

唇にキスを落とした郁人が、甘い笑みを浮かべて囁《ささや》く。

「俺も好きだよ」

やっぱりまだ照れくさくて、にやけてしまう。笑い合って、更に身体を密着させ、唇を重ねる。髪を撫でられ、俊も郁人の髪を梳《す》く。貪《むさぼ》るように口づけを繰り返す。

「なぁ、いい?」

郁人の手が尻を撫で、窄《すぼ》まりに滑り込んでくる。

「うん」

俊が恐々《こわごわ》頷くと、郁人はサイドテーブルからコンドームとローションを取り出した。

「なんでそんなの持ってんの?」

必要な物だし、あること自体はありがたいが、もうなんとなく郁人は誰とも関係を持ったことはないのだろうと思い始めていたから、代用品ではなくそれ用の物が出てきたことに驚いた。

「あんたのことを抱こうと思った時に、買っておいた」

郁人は、これが証拠だと言わんばかりに未開封のセロファンを剝がす。

「俺の意思は？」

いつから考えていたのか知らないが、ノーと言ったらどうする気だったんだ。

「今、こうして一緒にいるじゃん」

郁人は悪びれることなくそう言うと、俊の脚を開かせ、ローションを後孔に塗《ぬ》り付けてきた。

「っ……ぬるぬるする」

俊は郁人の腕を掴む。なんだか妙な気分になってくるが、不安も消えない。

「なんかエロいな」

郁人の指が、グッと俊の体内に押し込まれた。

「あっ……」

思わず俊は郁人の身体に縋った。

「痛い？」

「ううん」

でも違和感がすごい。

俊は気を逸《そ》らせようと郁人の頭を抱き寄せ、口づけを強請《ねだ》る。キスを繰り返すうちに、燻《くすぶ》りかけていた欲望が簡単に燃え上がる。キスってこんなに気持ちのいいものだっただろうか。

「ああ……クソ、早く挿れたい」

郁人は増やして二本にした指で俊の身体を解《ほぐ》しつつ、口づけの合間に呻いた。

「お前の入んの……？」

郁人の屹立に指を絡める。ここに至る前に何度か達しているのに、彼のそれはずっと反り返ったままで一向に勢いが衰えない。

「入るだろ」

こんな大きくて長いものが、指二本をギュウギュウ締めつけ追い出そうとしている場所に入るとは思えない。

それでも郁人がそう簡単に諦めるわけがない。

気付けば、お互い汗だくになっていた。ついに三本の指がスムーズに抽挿できるようになると、郁人は自身にコンドームをはめて俊を見下ろしてきた。

「いいか？」

俊はごくりと喉を鳴らし、両手を郁人の方へ伸ばす。

「うん、ゆっくりな」

鋭い痛みはないが、指だけでも圧迫感がすごかったし、やっぱり少し怖い。

「気を付ける」

その屹立の反り返り具合を見ていると、約束が守られるかどうかも定かではない。身を沈めようと覆い被さってきた郁人の背中を俊はぎゅっと抱き締めて衝撃に耐える。目で見ているより何倍も大きく感じるものが、小さな蕾《つぼみ》にグッと押し入ろうとしてくる。

「俊、キス」

「ん……」

俊は欲望に濡れた郁人の瞳を見上げて唇を重ね、舌を絡め合わせる。絵画も真っ青のスッと整った彼の目は、どこから見ても完璧で惚れ惚れする。

キスに夢中になり、身体に力が入らなくなった頃合いを見計らって、郁人が身を沈めてきた。

「いっいたっ……」

それでも繋《つな》がった時は、堪え切れずに声を上げていた。俊はあまりの苦しさに浅い息を繰り返す。

「大丈夫か？　まだそんなに入れてないけど」

その証拠に、郁人は俊の手を取って繋がった場所に導くと、腰を押し付けて更に身を進めてくる。

嘘だろ。身体が二つに裂けそうだ。

俊は首を振って相手の頭を抱え込む。

「っ……このままっ……待って……」

止めろと言うのがどんなに酷かは、同じ男として分かる。

でも、今動かれるのは冗談じゃない。

「一回抜いた方がいい？」

郁人が少し腰を引くと、身体を引きちぎられるような気がした。

「うっ……ばかっ、引くな、痛いっ」

「ごめん」

「抜かなくていい、ゆっくり……」

俊は宥《なだ》めるように郁人の髪を撫で、唇を押し付ける。

郁人は驚くべき忍耐力を見せて、ゆっくりと時間をかけて俊の身体に彼の昂ぶりの形を覚えさせていった。

「ちょっと慣れてきたかも……」

俊は郁人の額に手を伸ばし、汗を拭《ぬぐ》う。

「じゃ、動いていい?」

「うん、でも――」

「ゆっくりするから」

郁人は猫のように俊の手に鼻筋を擦り付けてキスすると、萎《な》えていた俊のものに手を絡ませた。

「んんっ……あ……」

俊は目を閉じて、快感を追うことに集中した。

「……あっ、そこ、いいかもっ……」

痛み以外の感覚を摑んだ俊は、自分からも腰を使ってそれを追ってみた。さっきまでとは全然違う、最初はガチガチだった身体が全く別のものになったみたいだ。

「っ……俊、ヤバいっ……」

郁人は堪え切れず、腰を打ち込む。

「あっ……郁人……」

奥の方まで繋がっている。

郁人は穿《うが》つスピードを上げ、俊の勢いを取り戻してきた屹立も同じペースで擦り上げる。

「ああっ……」

前への刺激で俊は咥《くわ》え込んだ郁人を思わず締め付ける。

「俊、やばい……イケそう?」

「うん、そ、そこっ、あっ、いいっ……」

揺さぶられる中、俊が先に果て、追いかけるように郁人が一層深く俊を穿ち、一気に絶頂へと駆け上がった。

「俊っ……」

荒い息遣いが俊を押し潰《つぶ》しそうになっていることに気付いた郁人は、横に身体をずらし俊を抱き締めた。

「話があるんだった」

裸で抱き合った余韻のままうつらうつらしていると、郁人が緩慢に口を開いた。

「うん」

俊は郁人の胸元から顔を上げて、彼を見上げる。

「矢代さんが今日ちらっと言いかけた話、覚えてる？」

「ああ、気になってたんだ、教えてよ」

「夏の舞台は、裏方じゃなくて表になった」

「わぁ、おめでとう。どんな役？」

俊は肘をついて上体を起こした。

「まだ決まってないけど、端役でも観に来いよ」

「勿論だよ」

「それから事務所も決めた」

「すごいじゃん、じゃ、その道に進むことにしたんだな」

俊は思わずバシッと郁人の腕を叩いた。郁人は俊の目を見て、しっかりと頷く。

チュッとお祝いのキスをする。

そうに違いないとは思っていた。これから多くのことが変わっていくだろう。漠然とだが、頭の中に色々な想像が駆け巡る。

でも、はたと気付いた。

「……俺と付き合ってて、いいの？」

いいわけないよな、と思いながら俊は郁人と自分の間で人差し指を行き来させた。

「別れるっつったら、今すぐもう一回挿れるからな」

郁人は物騒なことを言って、俊をぎゅっと抱き締めてくる。

身体が再びベッドに沈み、彼の体温に覆われるのが心地よくて思わず口元が緩んだ。嫌じゃないのだから、そんなのは脅しにならない。

「でも、事務所の人に聞かれなかったのか？　付き合ってる人がいるのかとか」

もうこうなってしまえば離れたくはない。自分を抱く郁人の腕を握りながら、それでも聞いておかないといけないと思い尋ねる。

「彼女はいるかって聞かれたから、興味ない、いないって答えた」

「おいっ」

俊は剥き出しの郁人の肩を叩いた。それはだめだろう。

「なんで？　本当のことじゃん。藤間さんに、彼女はいるかっていうのは、恋人はいるのかっていう意味だって言われたけど、そん時はあんたと付き合ってなかった」

「なんで藤間さんが出てくるんだ？」

俊は突然増えた登場人物に驚き、また身を起こした。

「藤間さんが紹介してくれた事務所で、三人で会ったから」

「そうなんだ。おい、藤間さんに、何か言ったのか？　君の恋愛対象の話とか、俺のこととか」

「いや？　言うわけないだろ」

郁人はキョトンとしている。

でも、少なくとも、藤間は郁人がゲイだと気付いているということか。

俊はヘッドボードに背を預けてこめかみを揉《も》んだ。考えても無駄だ、分かってはいるが、藤間は自分たちのことを、どこまで知っているのだろう。

もしかしたら、担当を外れろと言われたあの時からもう――。

「なぁ、変なこと考えてないよな。別れないからな」

郁人は上半身を起こすと、俊に体重をかけて肩に顎を乗せてくる。

「分かってるよ……でも何かあったら一緒に考えるから」

同性同士だし、普通に会ったり仕事をしたりしているだけで本気で勘繰ってくる人は、実際そういないだろう。

「それから――」

「まだあるのか？」

俊が顔を強張らせると、郁人が額に唇を寄せて笑った。

「今度のは、すげぇいい話。ジュール・カラドゥの邪魔しないよう、黙っといてくれって言っておいたけど、うちの親、再婚するつもりらしい」

「えっ、よかったじゃないかっ、いつの間に？」

別れて随分経《た》つのに、それはまた急な展開だ。

「母親ともあの後、電話で話した。親父のこと、あの時のこと、どうだったんだって。そしたら、言い訳くらいして欲しかった、嫌いになったわけじゃない、自分だって大事な相手が中傷されているのを聞いていたくなかったんだって言ってた」

「お互い、ずっと未練があったのか？」

二人共引手あまただろうに、再婚していないのだから、そういうことがあってもおかしくはないだろう。

郁人は、子どもみたいに得意げな顔をして頷いた。

「ああ、だから、それとなく二人に話したんだ。あとは、気付いたらそんなことになってた」

「おめでとう、それは確かにすごく話題になりそうだ。ジュール・カラドゥのオープニングと被らなくてよかったよ」

抱き合って数回キスを交わす。これもお祝いのキスで、穏やかに終わるはずだと思っていたが、どんどん妖しくなっていった。

「もう一個いいか？」

艶《なま》めかしい吐息と共に、郁人が囁く。

「何？」

少し動けば触れそうになる唇に無理矢理抗いながら、俊も囁き返す。

「なぁ、俊、めちゃくちゃ気持ちよかった。もう一回したい」

郁人は俊の手を取ると、被っていた布団の下に潜り込ませた。完全に臨戦状態になっているものを握らされて驚いた。

「は？　無理、無理無理、なんなのお前、どうなってんの？」

早速ベッドに俊を引き倒す郁人を押し返そうとするが、あちこちにキスを浴びせられているうちに、ふわふわしてくる。間を置かずだったこともあり、二度目は一度目に比べて時間をかけず、より深く繋がることができた。

明日の夕方からのパーティーは、大丈夫だろうか。そんな心配がちらりと頭に浮かんだが、すぐに快感に消されてしまった。

お盆前の週末、郁人が矢代の劇団で初めて舞台に立った。ジュール・カラドゥのオープニングパーティーの日に聞いていた芝居だ。

俊は藤間、難波、柳と一緒に夕方の千秋楽を観に来ていた。アイドルグループのサクセスストーリーで、郁人はメンバーの一人を演じている。集中力というか、演技への熱量がすごくて、彼が舞台に出てくるだけで空気が変わる。贔屓目《ひいきめ》なしに一番目立っていた。

「今日はありがとうございました」

終演後、二階の楽屋を訪れると、郁人は舞台がはねた達成感が見て取れる笑みを浮かべた。

軍服っぽい衣装と濃いアイメイクがよく似合っていて、しょっちゅう会っているのに、俊はドキッとしてしまった。

「本当にかっこよかった！　衣装も華やかで素敵だし、ストーリーも最高！」

今回は女性客が多くて、どことなくきゃっきゃした空気が漂っていたが、柳もかっこいいを連発していた。

「クールな役が合っていましたね。衣装の数も多くて見応えがありました」

そういう藤間こそ、普段からクールだと俊は思う。

「織田君、ダンスもできるんすね！　最後から二番目の色っぽい衣装、よかったっすね。あんなの似合うなんてヤバいっす」

難波は、語彙力《ごいりょく》がなくなっていた。

アパレル会社に勤める者の性《さが》で、みんな衣装に目が行きがちだ。

「あんまり喋らないキャラだったけど、表情や動作で感情がしっかり伝わってきたのがよかったよ」

俊はもっともらしくそう言ったが、二人きりなら、最高だった、かっこよかったと抱きつきたいところだ。

舞台上の彼を見ていると、演技への情熱は間違いなく「本物」で、演技こそ彼の進む道なのだろうと感じた。

すごいなぁと思いつつも、絶対本人には言わないが、ちょっと嫉妬《しっと》してしまうくらいだ。

「我々が君を独占していていいんですか？」

暫く感想を言い合った後、藤間が楽屋の入り口の方を振り返った。

他にも郁人と話したそうな人たちが、視界にチラチラ入ってきているのは俊も気付いていた。

「他に誰も呼んでないんで大丈夫です」

そう言った後、郁人は少し照れくさそうに付け加えた。

「初日は、友達が来てくれました」

以前、俊も大学で会ったことがある友人たちのことだ。

ジュール・カラドゥのモデルとして、郁人をお披露目してからのSNSの反響は予想以上だった。勿論、彼の両親の件もあるが、炎上のこと自体はもうほとんどの人が忘れているか気にも留めていない。動画や写真をアップすれば反応がバンバン返ってきて、ブランドのオープン以降は、更に盛り上がっている。

そんな状態で迎えた新学期早々、郁人は大学の構内で追いかけられてしまった。困っていた郁人の盾になって助けてくれたのが、その友人たちだった。

人になかなか心を許さない郁人だが、素性を知っても今まで通り接してくれる友人たちに対し、心を開いていっているようだ。本当によかったと思う。

「そういえば、劇場の前にいっぱい人がいたけど連日あぁだったのか？」

俊は外に大勢の、主に女の子たちが並んでいたことを思い出した。郁人が出演することは、劇場のキャパの関係もあり宣伝されていなかった。初日で公になり、事務所はすぐ対応して出待ちも禁止したらしいが、ゼロというわけにはいかなかったようだ。

「私たち、みんなで汐瀬さんを隠しながら来たよ」

柳には大袈裟《おおげさ》だと言ったのだが、藤間も難波も彼女に同意して郁人の事務所の人たちがファンの対応に追われているのを横目に、目立たないように劇場に入ってきた。

「え、大丈夫だったのか？」

関心なさそうだった郁人が、俊のこととなると目を見開く。

「俺が目当てじゃないから平気だよ。ただ、顔は割れてるかもしれないから、念のため」

俊はいちいち反応するなよと、密かに視線で郁人を制しつつ口角は上げておく。

「かもじゃないっすよ。ニコイチのファンも多いんすから」

二人を好きだといってくれる人たちは、動画や写真を細部まで見てくれているので、難波は感心すると同時に楽しんでいる。

「そんなことないって」

俊は思わず否定する。郁人との関係はバレないように気を付けているが、何せ郁人の態度は自由だから、細かい所まで見られていると思うとヒヤヒヤしてしまう。

「君はジュール・カラドゥのプレスだ、人気があって当然だろう」

藤間はそんな余計なことを言った後、何食わぬ顔で郁人に向き直った。

「ジュールが、来れなくて残念だと。録画があるなら送ってくれと伝言です」

「俺にも連絡がありました。アメリカからわざわざ来なくていいって言ったんです」

最初は郁人の話題ばかりが先行していたブランドのオープニングだが、ジュール本人はのんびり構えていた。

『予想外だったけど、これだけタダで宣伝してもらえたんだ。お礼に、イクトのパパにも服を送ろうかな。あの親子のリンクコーデ、ちょっと面白いと思わないかい？』

ビデオ会議では、そんなジョークも飛ばしていた。

その後、郁人からジュール・カラドゥを知った人も、着々と服の魅力に気付いてくれている。サイトのリピート率は既に五〇%を越え、店頭の売上も右肩上がりと、かなり順調だ。

「それじゃ、我々はそろそろ失礼するとしようか」

藤間がそう言い、柳、難波も頷いた。

「ええ、そうしましょっか。また次の打ち合わせでね」

「予定、またマネージャーさんに送りますっ」

「すみません、私は矢代さんにご挨拶してきます」

俊は藤間たちに軽く頭を下げた。ドラマや映画の脚本を別名義で書いているため顔が割れている矢代は、別室にいて人前には顔を出さない。

「ああ、下で待っている」

予め伝えてあったので、藤間が代表で答えてくる。

待たせるのは悪いが、この後、藤間たちと夕食を食べて帰る予定だ。

一旦、そこでみんなと別れた俊は、矢代の部屋に向かった。

「汐瀬さんっ、今日はありがとうございました！」

にっこり笑ってノックしたドアを開けてくれた矢代は、全身ジュール・カラドゥを着ていた。

「こちらこそです。うちの服、着てくださっているんですね、お似合いです」

カラフルなコスモクローゼットの服ばかりだった矢代が、黒でシックに全身決めているのは新鮮だった。

　矢代は照れくさそうに微笑《ほほえ》む。

「はい、僕でもちょっと大人っぽくなった気がします。歳は十分すぎるほど大人ですけどね。あ、コスモクローゼットも着ますよ」

　彼の自己認識が的確過ぎて、俊はクスッと笑ってしまう。いつも忘れてしまうが、矢代は三十を超えていて年上なのだ。

「ありがとうございます。今日の舞台も最高でした。一緒に来た同僚たちも大盛り上がりでしたよ。個性と衣装だけじゃなくて、その時々の心情が衣装にしっかり反映されていて、どんどん変わっていくので、服好きとしては堪らなかったです」

　感想の他にも、矢代から衣装についての質問をされて盛り上がっていると、ドアをノックする音が聞こえた。

　矢代が応じると、ジャージに着替えてメイクを落とした郁人が部屋に入ってきた。

「あれ、郁人？　すみません、長居し過ぎましたね」

　呼びに来てくれたのだろうか。

　藤間たちを待たせているし、矢代たちも片付けや打ち上げがあるだろう。

「もう他のお客さんたち、下に降りたかな？」

　矢代は俊には答えず、郁人にそう尋ねた。

「はい」

「じゃ、僕はちょっと失礼します」

「え？　矢代さん？」

失礼しますも何も、ここは矢代の部屋なのに。

「汐瀬さん、僕のことは気になさらないでください、大丈夫です。では、また」

ちょっと照れたような笑みを浮かべてそういった矢代は、戸惑っている俊と真面目な顔をした郁人を残し、そそくさと部屋から出て行ってしまった。

まさか彼は、郁人と自分が付き合っていることを知ってるのか――。

「俊っ」

ドアが閉まるや否や郁人が飛びついてきて、俊の髪や額にチュッチュとキスを浴びせてきた。

「郁人っ、矢代さんに話したのか？」

信じられない思いで、俊は郁人を引き離し問い詰めた。

「言うわけねぇだろ。考え過ぎだって」

郁人は何食わぬ顔で肩を竦める。彼はそんなことで嘘はつかないから、本当なのだろう。でも、矢代は絶対気付いている。稽古中にバレるようなことを言ったに違いない。根掘り葉掘り聞きたいところだが、それはまた後だ。

「みんなに待ってもらってるから、もう行くよ」

再び抱きついてくる郁人の髪を背伸びして撫で、ぎゅっと広い背中を抱き締める。

郁人は俊の頭と腰に手を添えると、顔を近付けてくる。

「キスさせて」

「何言って……」

そんなことをしている時間はないのに、拒む気になれない。俊は重なる唇を受け入れた。郁人は、すぐに歯列を割って舌を滑り込ませてくる。

「っ……だめだって、家に帰ってからな」

熱い舌が自分の舌に絡みついてくると、他のことはどうでもよくなってしまいそうになる。

「今日はいいの？　最後までしていい？」

郁人はキスの合間に詰め寄ってくる。その必死さが可愛くて、思わずクスッと笑った。

「君の方が疲れてるんじゃないの？」

「ない」

迷いなく言い切ると、郁人は俊の唇を甘嚙みしてくる。

事務所のレッスン、大学、劇団、それに勿論、ジュール・カラドゥのモデルとしての仕事で、郁人は一気に忙しくなった。予定を合わせるのも難しくなったので、俊は週の半分ほどを郁人のマンションで過ごしている。「一緒に住めばいいのに」と郁人は言うが、簡単に決められることじゃないし、毎日したがるので身が持たない。

「芝居、本当によかったか？」

郁人は俊の腰を抱いたまま、鼻先を擦り付け目を合わせてくる。石鹸《せっけん》とメイク落としだろうか、やたらとフローラルな香りがする。

「本当によかったよ――君はどうだったの？」

何か気になることがあるのだろうか。自分は郁人に甘いなと思いつつ、一分くらいならと話を振ってみた。

郁人は、急に神妙な顔になり考えを巡らせ始める。

「百パーなんて無理かもしんないけど、役の感情が摑み切れなかった」

「そっか……俺には全然そうは見えなかったけど……」

素人には分からないレベルの話だ。それでも郁人は、稽古やレッスンのことを俊にポツポツとよく語る。多分、口に出すことで彼の中で考えが整理されていったり気付くことがあったりするのだろう。

「あちこちに粗がある、自分でも分かるんだ。でも次は、もっとうまくやるから見ててくれ。後で、もっとあんたの感想聞きたい」

「勿論だ、俺で役に立つか分からないけど――でも、これだけは言えるよ。俺は郁人のこと、ちゃんと見てるから」

「うん、あんたがいい」

郁人は、こくりと頷くと額を摺り寄せてくる。俊は彼の柔らかい唇に、そっと口づけた。応じる郁人の、俊を抱き寄せる腕にも力が籠る。

こんなふうに甘えてくる郁人も、芝居のことになると途端に真面目な顔をする郁人にも愛おしさが増すばかりだ。

郁人がこのまま芝居を続けていれば、今よりももっと多くの人に愛され求められるだろう。けれど、その分よくないことを言ってくる人もいるだろうし、仕事でままならないことにも直面する日が来るだろう。

でもその時は、自分が郁人にしてもらったように、彼の気持ちに寄り添って、ずっとそばで彼を支えていこう。

俊はそう誓って、郁人の身体をぎゅっと抱き締めた。

# あとがき

こんにちは、すとうです。本作をお手に取っていただき、誠にありがとうございます。

文庫三作目は、売上トップを誇るメンズアパレルの店長が、新ブランドのプレスに抜擢され、お仕事を通じての成長、そして何より彼のお相手となる、謎だらけの新人モデル君とのラブはいかに——といったお話です。

真っ直ぐな年下攻めと、ある程度経験を積んでいるが故の葛藤もある年上受けの、歳の差じゃれ合いカップルを書きたい、からスタートしました。ファッションを扱うことになった際は、既に数々の名作で扱われている題材ゆえ、私に書けるのだろうかという不安がありました。リサーチから色々と大変でしたが、とっても良い経験をさせていただきました。

ネタバレなしで、本作のお話に戻ります。

受けの俊みたいに、知識豊富な店長さんがいたら、ファッションについて色々聞いてみたくなりそうです。販売未経験のキャラもいますが、他のキャラはどうだろうと考えてみました。同僚の難波と柳は、気さくにお話できそうです。上司の藤間が店頭にいたら、高級スーツでも仕立てられそうで入りづらいかもです。デザイナーのジュールは、きっといい所を見つけて褒めてくれます。攻めの郁人は……前二作と比べて登場人物が多い本作ですが、彼は好きな人以外とは最低限しか喋っていない！　そういうところ、潔くて好きです。でも、もし一日店長になって分からないことを聞かれたら、すぐに俊を呼びに行ってそうです。

サマミヤアカザ先生、スケジュールや衣装の件で大変ご迷惑をおかけしてしまい、申し訳ございませんでした。最初にラフ画の郁人を見た時、初めて郁人を見た俊は、こんな気持ちだったんだろうなと思いました。何かに飢えているような目がとてもセクシーです。俊はとても可愛くて、人気者なのも納得です。素敵なイラストをありがとうございます。

担当様、いつも本当にありがとうございます。

また、本作の制作に関わったすべての皆さま、心からお礼申し上げます。

そして最後に読者の皆さま、心より感謝いたします。これまでの作品を読んでくださった皆さま、おかげさまで、こうしてまたお目にかかることができました。間が空いてしまったにも拘《かか》わらず、今回もお読みいただき感激です。初めましての皆さま、ありがとうございます。

主人公たちと共に、少しでも充実した時間を過ごしていただけていますように。

皆さまにとっても私と同じく、いい出会いだったと思っていただけましたか？　もし、お手紙などで感想をお聞かせいただけましたら嬉しいです（でもご無理はなさらずで！）。

またお会いできることを、切に願っております。

二〇二二年　五月　すとう茉莉沙《まりさ》

この本を読んでのご意見、ご感想を編集部までお寄せください。

《あて先》〒141-8202　東京都品川区上大崎3-1-1　徳間書店　キャラ編集部気付

「本気にさせた責任取ってよ」係

【読者アンケートフォーム】

QRコードより作品の感想・アンケートをお送り頂けます。

Chara公式サイト http://www.chara-info.net/